いよいよ鬼畜合宿が始まる。
もちろん容赦は加えない！

王立魔術学院の
鬼《き》畜《ちく》講《こう》師《し》2

著 急川回レ　イラスト zunta

目次

第一章

変態、特待生を翻弄する

「セツナが奴隷紋《どれいもん》を以《もっ》て命じる！　水着を新調しろ！」

王立魔術学院特待生室にて。

自習中に乱入して命令する。

さーて、どんな顔してっかなー。

俺がニヤニヤしていると、案《あん》の定《じょう》、特待生たちは口をぽかんと開けてやがる。

おいおい、呆気《あっけ》に取られている場合か。状況把握は魔術師にとって必須技能だろうが。

こりゃきつーいお灸《きゅう》が必要だな。

「…………珍しく自習中にやってきたかと思えば……はぁ……呆《あき》れて文句すら失《う》せるわ」

ようやく状況を理解したセラが軽蔑《けいべつ》と呆れを過分に含んだ視線で刺してくる。

「おいおい、やめろよ。興奮するだろうが」

「うえ……」

セラの表情を一言で表すなら『ドン引き』だ。

しゃーねえな。これは性癖をくすぐってもらった礼だ。ありがたく受け取るんだな。

「命令だ。セラ。お前の胸に埋《うず》もらせろ」

「はっ、はぁっ～!?　バカじゃないの！　何言って――あっ、ちょっと!?」

奴隷紋により抵抗を禁じた俺は椅子に腰掛けるセラに抱きつくようにして胸に埋もれる。

「あー、柔らけぇー」

顔面を退《しりぞ》けようと反発してくる弾力。

おっ、思ってたよりあるな。これは思わぬ収穫だ。

俺はこの学院の全女子生徒のスリーサイズを把握《はあく》している。

さらにセラの下着姿は【仮装自在《かそうじざい》】で嫌というほど目に焼き付けている。

均整の取れたボディライン。美という言葉が頭をよぎる。だからこそ、胸はやや控えめかと思っていたんだが――うん、素晴らしい。やはり乳に貴賤《きせん》なし。

あー、やべえぞ。頬が脂肪の塊に沈んでいきやがる。

超高齢者の俺をおぎゃらせるとは大したもんじゃねえか。

「バカ！　離れなさいよ！」

引き剥がそうとセラが俺の頭部を掴《つか》んでくる。バァーカ！　無駄無駄。

こっちは主人紋持ちだぜ？　俺はご主人様、お前は奴隷。アンダースタン？

「貴様というやつは――よもや私たちの胸を蹂躙《じゅうりん》するためだけにやってきたのか？」

ギンッと聞こえてきそうな眼光。

と、微《かす》かな殺気。

……へえ。ずいぶん感情を押し殺せるようになったじゃねえか。こうなってくると一本の刀として仕込むのも夢物語じゃなくなってきたな。

首を切り落とさんと抜刀《ばっとう》する椿《つばき》。居合切《いあいぎ》りが放たれる。

いち早く離脱した俺はバックステップ、空中で回転し教壇《きょうだん》の上へ。ドスッと腰を落として口の端を吊《つ》り上げる。

「悪くはねえ――が、首を刎《は》ねてえなら殺気を完全に抑え込め椿」

挑発するように首筋を指で叩《たた》きながら見せつける。

「ふんっ。元よりそのつもりだ」

『羞恥乱舞《しゅうちらんぶ》』により精神力が鍛えられつつある椿は『心外無刀《しんがいむとう》』に近づきつつある。

こいつなら【鬼人化《きじんか》】の上位【鬼神化《きじんか》】を習得できるかもしれねえ。

まっ、それができないようじゃ、姉の紫蘭《しらん》には到底敵《とうていかな》わねえからな。死ぬ気で鍛え上げてやるさ。

さて、それじゃ本題に行きますか。

「最初に断っておくが勘違いをしてもらっちゃ困るぞ」

「勘違いって……何をですの？」とルナ。

おいおい揺れ過ぎだろ。何食ったらそんなに育つんだよ。メロンぶら下げてんじゃねえぞ。もぎ取られてえのか。

「聞き返す仕草だけで凶暴な果実を弾ませてんじゃねえよ痴女エルフ」

「ちっ、痴女!? ……侮辱《ぶじょく》ですわよ！」

黄金の髪が逆立ち、全身からバチバチと紫電《しでん》が迸《ほとばし》る。

加えて土属性に適性があることが発覚したばかり。これからこいつの戦術は広がりを見せていくだろう。

良き良き。

「わかったわかった。取り消してやるからうつ伏せで膝枕をさせろ」

「はいっ？」

奴隷紋が染まる。

いやあ、本当に決闘さまさまだねえ。見た目だけは良い特待生にあんなことやこんなことをし放題なんだから。

「ひゃっ」

教壇から飛び降りた俺はルナの太ももに潜る。乳はセラで堪能《たんのう》したからな。次はムチムチの太ももを楽しませてもらおう。

むにゅうううと俺の顔面を挟み込むように顔を埋める。

最初こそ押し返さんと抵抗する脂肪だが、侵入を許すや否や包み込むように俺を迎え入れる。

あー、たまんねえ。セラの胸もよかったがこっちも悪くない。

具合の甲乙《こうおつ》はつけがたいがな。

「ちょっ、なにを――ひゃうっ」

「スーハー」

鼻腔《びこう》を広げて匂いを嗅ぐ。

「あー、クソッ、悔しいがめちゃくちゃいい匂いがしやがる。温かい上に、柔らけえし、最高の枕だな。一家に一つは欲しい」

「あっ……どっ、どこで喋《しゃべ》ってるんですの貴方《あなた》は！　やっ、やめてくださいまし」

「嫌だね」

太ももに挟まれながらルナの脚を撫《な》で回す。さすがエルフ。肌のお手入れも完璧。スベスベだ。やみつきになっちまったらどうしてくれるんだ？　ええ？

「セクハラばっかしてないでさっさと本題に入りなさいよ変態！　マジでキモいわよ」

とギャルロリ魔女のロゼ。現在では俺の秘書兼特待生の参謀だったりする。

俺は太ももに挟まれながら視線を向けて口を開く。

「ありえないとは思うが――俺を一度殺したぐらいで勝った気でいるんじゃねえだろうな…………………………」

「「なっ！」」「ひゃうっ」

感嘆の声を漏らすセラと椿、ロゼ。

俺が股に挟まれながら喋ることで、くすぐったい吐息を漏らすルナ。

俺は名残惜しくも太ももから顔を離す。

次、膝枕をするときは舐《な》め回してやるからな。覚悟しておけよ。

「たしかにお前らは俺を降《くだ》した。見事だ。その事実は賞賛してやろう。だが――連携に必要な時間、勝利への道筋を与えてもらったあげく、〝鬼畜度の限定発動〟。ハンデ付きの勝利だぞ？　この程度で満足されたら困るんだよ」

「安心しろ。勘違いなどしていない。なにせ姉さんは未《いま》だ雲の上。まだまだ精進《しょうじん》が足りん。この程度で満足できるわけもない。私たちが呆れているのは水着を新調することとそれがどう関係あるのか――そういうことだ」

凛《りん》とした佇《たたず》まい。和風美人を体現した椿の言動は俺をゾクリとさせるものがある。

俺は【仮装自在】の限定発動でとある長靴下を取り出し、それを手渡そうとするが、

「……おい待てセツナ。それは何だ？」

うげ……と、口がへの字になりながら、ジト目を向けてくる。

「相変わらず失礼なヤツだなお前は。俺が渡そうとしてんだからまずは受け取れよ」

「お前が渡すものはまともでないからこうなっているんだろう！　適性属性を識別する魔導器《ショーツ》など今思い出しても虫唾《むしず》が走る！」

「おいおい。あの世紀の発明をバカにする気か。魔術師は適性属性を瞬時に判断できる。俺は屈辱《くつじょく》に満ちた下着姿を合法的に目にできる。ｗｉｎ‐ｗｉｎじゃねえか」

「どこがｗｉｎ‐ｗｉｎだ！　そもそも合法的だと!?　違法の間違いだろ！」

「あー、はいはい。女子生徒の軽蔑なんて、俺にはご褒美だからな。主人紋を以って椿に命令する。

これを履いて俺の顔を踏め！」

「貴・様・と・い・う・や・つ・は～！」

刀を握りながらぷるぷると屈辱に震える椿。黒ストッキングを奪い去るように受け取り、苦渋の表情で着用する。

さらに。

鍛え上げられつつも、決して過肉厚でない、早い話が撫で回したいおみ足を黒が引き立てていく。

椿は耳まで真っ赤になり、恥辱《ちじょく》に塗《まみ》れた表情になっている。

いやあ、いいね。趣《おもむき》があっていいじゃないの。

俺は椿の下に仰向《あおむ》けで倒れて、ニヤニヤしながらそのときを待つ。

セラたちを一瞥《いちべつ》すると、「うわぁ……」とでも言いたそうなドン引きの顔。表情筋が固くなっている。

グハハ、甘露《かんろ》甘露！

真っ白で傷一つない、洗練された美脚。

その魅力をより引き立たせるために着用された黒ストッキングがゆっくりと顔面に向かってくる。

苦虫を噛《か》み潰《つぶ》したような軽蔑の眼差《まなざ》し。そんな椿を見るのも一興だ。

うむ、くるしゅうない。

俺を踏むためには片脚を上げる必要があるわけで。

ローアングルのため、パンティーが視界の範囲内となるのはもはや必然。

それを嫌な顔をされながら鑑賞できるというわけだ。最高という感想以外ありえようか。いいや、ありえない。

「貴様は本当に外道《げどう》だな……いつか必ずその首を切り落としてやる」

その日が来るのを楽しみに待っている、とても胸中《きょうちゅう》で呟《つぶや》いておこうか。

「椿、お前——！　見た目に反してエグい下着を穿《は》いてやがるな!?　まさかヒモ——うーん、むぐっ、ううっーー！」

「ほら！　これがお望みだったのだろう！　存分に味わうがいいセツナ！　だがこの屈辱は何百倍にして返してやる。覚悟しておくのだな！」

椿の穿いているパンティーを暴露《ばくろ》しようとすると、慌てて俺の口を脚で塞《ふさ》いでくる。

それなりに思うところがあるらしい。

鬼のおみ足。それも踏みつけプレイを堪能した俺はお礼の代わりに説明を再開する。

俺って本当に優しい講師だよな。なんでモテねえんだろう。誰かギシギシアンアンさせてくれよ。

同情するならエッチをさせてくれ。

奴隷紋による強制力から解放された椿は、親の仇《かたき》のように黒ストを床に叩きつける。

「お前らはクソほど弱い。だから水着を新調しろ。ちゃんと因果関係が成立してんだろうが」

「「「「どこが／だ／よ／ですの!?」」」」

あーもう、うるせえな。四人同時に叫ぶんじゃねえよ。耳がキンキンするだろ。

俺は人差し指で耳をほじくりながら、

「……はぁ、合宿だよ、合宿」

教え子が弱い↓水着を新調しろ。

↓に当たる部分を補足する。

これでさすがにわかっただろう。

「どうして合宿だから新調することになんのよ⁉」

と犬歯を剥き出しにするロゼ。

「はっ、はぁ⁉　おまっ、ここまで言ってわかんねえのか⁉　合宿言《つ》ったら海。海言ったら水着回だろ普通。お約束も知らねえのかよお前ら！」

俺が呆れてそう言うと、たいそう呆れたようなジト目を向けてくる特待生たち。

なぜだ、解《げ》せぬ。

「…………貴方にまともな返事を期待したのがそもそもの間違いだったわ」

なんだセラ？　まだ俺の頬ずりが足りてなかったか？　今度はシャツをビリビリに破って生の感触を味わってやろうか？　ああん？

不満の一つでも言ってやりたい気分だが……まあいい。あまり脱線しちまっても話が進まねえからな。

俺は合宿を計画した真意を打ち明けることにした。

「もうすぐこの学院で《魔術戦技祭》が開催される」

「「「《魔術戦技祭》？」」」

仲良く頭上に「？」を浮かべる特待生。

まっ、新入生のお前らが知らねえのも無理ねえわな。

まして俺は自習で顔を出さねえんだから。

しゃーねえな。説明してやろう。

「《魔術戦技祭》ってのは魔術師たちがどんぱちして、この学院で誰が最強なのかを決めようぜ、つう単純明快な祭りだ。一対一の勝ち抜き形式《トーナメント》。優勝者にはそれなりの特権が与えられる」

「そんな大事な行事を水着の新調と伝えられるわたしたちって……」

『頭痛が痛い』とでも言いたげに呟くロゼを横目に俺は続ける。

「本来新入生は後学のため、観戦のみなんだが——三年前から、特待生のみ参加が認められている」

「「「まさか貴様／あんた／貴方……」」」

三年前——そう。俺がこの学院の非常勤講師に就いたとき。

賢い賢い特待生のことだ。何か感づいたんだろう。

セラ、椿、ロゼ、ルナは疑惑の視線で俺を射貫《いぬ》いてくる。

お見事。お察しのとおりだよ。

「そう。《魔術戦技祭》に新入生の特待生参加を認めさせたのは俺だ。いやあ、あれは酒池肉林で最高だったぜ」

高尚《こうしょう》なる王立魔術学院に俺のような鬼畜が招聘《しょうへい》されたのにはもちろん理由がある。

主に三つ。

一つ、生徒の質が年々低下しているから。

入学当初から魔術師を名乗るにふさわしい者もいれば、魔術使いで卒業していくような者もいた。質の差は年々酷《ひど》くなっている。

早い話がデキるヤツか、落ちこぼれか。そこそこ使いものになる中間層がゴッソリいなくなっていた。

そこで俺の出番だ。特待生つう起爆剤をぶち込み、ぬるま湯に浸《つ》かった気分の生徒を叩き上げることにした。

「……ごくり。酒池、肉林……」

何かがあったことを理解したルナが生唾を飲み込む。

「なんだルナ？　興味があるのか？」

「あっ、ありませんわ！　セクハラですわよ!?」

なんだその慌てよう。お前、マジで変態じゃねえだろうな？

「当時、この学院には〝そこそこ使える魔術師〟ってのが極端に少なくてな。だから三年前の特待生を無理やり《魔術戦技祭》にねじ込み、そこでちょっとした宣言をした」

「貴様が発した内容がわかってしまう私は毒されているのだろうな」

と椿。

どうやら俺の思考や言動が伝染し始めたらしい。

「俺が指導した特待生が上級生をフルボッコにしてやんよ――そう啖呵《たんか》を切った」

「「「おいおい……」」」

もはやおなじみの反応だな。苦笑を受かべる特待生たち。

「三年前といえば……」とセラ。

「現生徒会長と副会長、そして椿、お前の姉、紫蘭が新入生だった頃だな」

俺の告白に四人の興味が引かれ始めていることが手に取るようにわかった。

生徒の質が低下していたとはいえ、天下の王立魔術学院だ。

例外もあるが、たいてい卒院生の二人や三人、化け物が紛れ込んでいる。

生まれた瞬間に運命を背負っているような天才だな。

つまり、特待生とはいえ、そいつらと当たれば、《魔術戦技祭》で優勝するのは厳しい。いや、不可能だ。

そんなやつらに紫蘭たち特待生を使ってケンカを売ったのが俺様。刹那《せつな》だねー。

「結果はどうでしたの？」

とルナ。素直に続きが気になって仕方がない様子だ。

セラや椿、ロゼたちも同じようだな。

「全員入賞――ベスト十六位には食い込めた、とだけ言っておこうか」

「「…………」」

回答に黙り込む特待生。ここにいるのはロゼを除き、チカラを求めてこの学院にやってきたやつらだ。

俺の元で修行を積むことで、天下の王立魔術学院でベスト十六位の実力が手に入る。

とはいえ、

「どうした？　落胆したか？」

「優勝はおろか、ベスト三にも食い込めないのね。新入生だから上出来過ぎるほどなんでしょうけれど……」

姉を殺すためにこの学院にやってきたセラはチカラが喉から手が出るほど欲しい。渇望していると言っていいだろう。

こいつの姉、リア・スペンサーは第二位始祖。神に最も近い吸血鬼だ。

当然、現在の実力じゃ足元にも及ばない。

上には上がいる現実に叩きのめされたことも一度や二度じゃないはず。

神妙な面持ちの裏で考えていることは多いだろう。

「先輩方は偉大だな……」

一方、椿はといえば。

こちらは敬意が入り交じったそれだ。

なにせあの紫蘭でさえ上が詰まっていたことを聞かされたんだ。

こいつも思うところは山のようにあるだろう。

「言うまでもないが、現在のトップは当学院の会長。もちろん彼女がリーダーを務めるチームも追随を許さない最強っぷりだ。なにせこの俺様が鬼畜度Ⅷの発動を余儀なくされるぐらいだからな」

その言葉に、椿を除く三人が目を丸くする。

椿だけは姉からその事実を聞いていたんだろう。

「つーわけで、お前らには当然《魔術戦技祭》に参加してもらう。拒否権はない。これは命令だ。だが、上級生の二年、三年次生の中には俺の傑作――魔改造済みの生徒が最低八人いる。そいつらと当たれば……まあ、余裕で惨敗だ」

「「「「なっ……!」」」」

「おっと。驚くのはまだ早《はえ》ぞ。俺が特待生を叩き上げた結果、有象無象《うぞうむぞう》だったやつらの質も見違えるように上がっている。ぶっちゃけ、入賞はお前らが思っている以上に難度が高《たけ》え。そこで、だ」

もったいぶるように一呼吸。

全員の目を見据《みす》える。

「安い給料で働かされているこの俺様がなんと休日返上だ！　ふはは、強化合宿を開催してやるよ。特訓内容は……ククッ。期待しておくことだな」

「うわ、気持ち悪い顔。不安しかないんですけどー」

「言ってくれるじゃねえかギャル魔女。てめえは俺の秘書として強化合宿のカリキュラムでヒイヒイ言わせてやるから覚悟しておけ」

「うげっ……！」

「俺は真面目が売りの講師だからな。職務を全《まっと》うしてやろう」

「「「どの口が言っているの／だ／よ／でして」」」

満場一致で否定という。

いやいや。俺ってめちゃくちゃ優しいからな？　なんだよ鬼畜講師って。侮辱してんのか。

「各自、強化合宿で鍛えたい技術や克服したい弱点、習得したい魔術があればレポートを作成し、ロゼを通して俺に提出しろ。一考ぐらいはしてやる。ただし――」

一呼吸。

「――椿は羞恥乱舞、ルナは土属性魔術の階位上げ、ロゼは二人のバックアップを優先事項とする。余力を判断した上でレポートを作成しろ」

「ふんっ。希望を叶《かな》える気など最初からないではないか」

と不満げな椿だが、強化合宿という響きに期待を隠せていない。心なしか表情筋が柔らかい。

一方のルナは素直に喜べない様子。

そりゃ、妹を殺された属性を極めたくないわな。

だが、俺は容赦《ようしゃ》しない。なぜなら鬼畜だからだ。

一方、ロゼはカリキュラムを押し付けられることを諦観《ていかん》し、明晰《めいせき》な頭脳で色々と思案している。

こいつは全属性を発動できる魔女。本人を叩き上げるよりも、他人を指導させる方がよほど合宿になるだろう。

問題は、

「どうして私だけ何も言い渡されていないのかしら」

冷たい声音《こわね》。空気が凍えるような錯覚。

セラは怒りの目で射貫いてくる。

それは意中の相手から仲間外れにされた嫉妬《しっと》などではなく。

純粋な苛立《いらだ》ちだった。特待生の中でも特にチカラを渇望する女だけに、許容《きょよう》できないといった感じか。

「どうどう。怒るな。お前もちゃんと考えてある」

「何をどう考えているのか、きちんと説明してほしいわね」

「そう焦るなよ。手取り足取り教えてやる――セラ、お前はまだまだ粗《あら》が目立つとはいえ、【固有領域《こゆうりょういき》】の限定発動、罠術《わなじゅつ》を張れるようになった。より緻密《ちみつ》に、繊細にできるようにしていくのが強化合宿の補助《サブ》となる」

「補助《サブ》……？　ということはセラさんには何かメインがあるということでして？」

「そうだ。【黒血術《こくけつじゅつ》】を面白くしてやろう」

「どういうことかしら⁉　詳しく聞かせなさい！」

立ち上がって俺に迫ってくるセラ。胸ぐらを掴んで引き寄せてくる。端正な顔が目と鼻の先。ベロチューできそうな距離だ。

こいつは本当にわかりやすい性格をしているな。俺がチカラを与えてやると言った途端《とたん》、この詰め寄りよう。欲望のためには嫌いな男にでも躰《からだ》を差し出すってか？

俺は強化合宿でメインとなる特訓を示唆《しさ》するように、セラの下腹部に触れる。

よく鍛えられていることが服の上からでもわかる良い腹だ。

「ちょっと、どこに触れて――」

「ここにあるものを刻む。使いこなせるかどうかはお前次第だが、適応すればリアに瞬殺されないぐらいにはなるだろう。なにせ『色違い』が手に入る」

まさしく悪魔の囁《ささや》き。口にした途端、各々《おのおの》から抗議の声が上がる。

「お待ちになってください！『色違い』ならわたくしに――」

「どういうことだセツナ！　まさかセラだけ優遇《ゆうぐう》するつもりではあるまいな⁉」

「いやいやいや⁉『色違い』？　いやいやいや！」

見ていて飽きない反応だが、三人寄れば姦《かしま》しいとはよく言ったもんだな。

耳がキンキンするだろ。もっと声とテンションを下げろっての。

「はいはい。落ち着け。セラだけ特別扱いするわけねえだろ。お前らにチカラを与えた報酬は子宮だぜ？　全員、俺の遺伝子をドクドク注ぐつもりだ。さっき言ったように椿とルナは先にやらなきゃいけないことがあるだろって話なだけさ」

俺の説得に椿とルナが黙り込む。

「ちなみにロゼは今すぐにでも刻めるが、お前には自分からお願いさせてやるよ。そのためのプランはもうすでに出来上がっているからな」

「はぁっ!?　わたしが自分からお願いするとかありえないんですけど！　絶対いかがわしいことする気じゃん！」

俺がセラの下腹部をいやらしい手つきで撫で回しているのをジト目で睨《にら》んでくるロゼ。

現在《いま》はまだそういう反応だが――お前は間違いなく新たなチカラを欲するようになる。

メスガキが俺に土下座してお願いする光景がマジマジと見えるぜ。

「さてと。それじゃ俺は失礼させてもらうが――新調した水着を合宿初日に披露しろ。俺の独断と偏見で順位を付けさせてもらう。優勝者には集中特訓してやろう」

「なっ……！」「えっ!?」「ちょっ!?」「はい!?」

「何言ってんのこのバカ、みたいな顔をしてやがるが、俺がただ真面目に修行だけするわけねえだろ。

ピンク合宿にするつもりだから覚悟しておけよ」

「うげ……聞きたくないんだけど、最下位になった場合はどうなるわけ？」

ごくり、と生唾を飲み込む音が特待生室に響く。

俺は鬼畜スマイルを浮かべて、告げる。

「エッチなおしおきをさせてもらおうか。嫌なら俺が喜びそうな水着を真剣に選ぶことだな。合宿は三日後だ——そうそう。下着も忘れるなよ？」

特待生室を後にする。

ちらっと横目に入ったセラたちの表情ときたら……世界の終わりみたいな顔をしてやがんの。いやぁー、楽しみだねー合宿。

オラ、ワクワクしてきたぞ。


【ロゼ】

セツナのいなくなった特待生室は静まりかえっていた。

相変わらずというか、やっぱりというか……鬼畜講師《あいつ》の言動が読めたためしがない。

みんなの表情を横目で確認してみる。

椿は——青白くなっていた。うん、わかるよ、その気持ち。

騎士を目指す剣士、それも鬼が男を悦《よろこ》ばせるための水着を新調して、セックスアピールをしなくちゃいけないとか、思考停止して当然。すごく慰《なぐさ》めてあげたい気分。

まさかわたしが他人を励ましてあげたいと思う日が来るなんて。

口から魂が抜けていく椿から視線を剥がして、今度はルナに向けてみる。

呆れて、ため息をこぼす姿は本心だと思う。きっとわたしと同じように「相変わらずですわね……」という感想かな。

ただ、彼女の場合は『色違い』、たしか【黒雷】だったわよね？　――が会話に出たことで、すでにスイッチが切り替わっているように見える。

セツナが悦びそうな水着は――と考え始めている思案顔。

いやいやいや!?　あんた順応性高過ぎるでしょ！

ルナの種族はエルフ。女としての魅力は圧倒的。男好きする躰つきはもちろんのこと、どこか幼さを残した容姿だし、ロリ巨乳ってやつね。

なんか癪《しゃく》に障《さわ》ったわたしはいけないとは思いつつも意地悪を口にしてしまう。

「ルナ……あんたまさかちょっと楽しみにしてない？」

「ふぇっ!?　なっ、なにをおっしゃられているんですのロゼさん！　ひどいですわよ!?」

いや、なにその反応。図星じゃん。もうすでにあんたの脳内でファッションショー始まってんじゃん！

セツナの言動を受け止め切れていないわたしとセラ、椿の首が勢いよくルナに向き、

「「「痴女エルフ」」」

「なっ、ななな……！　みなさん!?」

「あの鬼畜講師の指示通りにしようだなんて……見損なったわよルナ」

　と、ジト目のセラ。

「ちっ、違いますわ！　わたくしは『色違い』のために仕方なく」

「ふんっ。いくら己《おのれ》のためとはいえ、あの変態を喜ばせようとするなど言語道断。ここは特待生全員で拒否すべきだ！」

　腕を組み、忌々《いまいま》しげに告げる椿。

　うわあ、青筋が立ってるわよあんた。どんだけ怒ってんのよ。

「うう～、ですがセツナのあれは今に始まったことではありませんわ。むしろ一時の恥で『チカラ』が手に入るなら――」

「却下よ。セツナの思い通りにいかないことをみんなで見せつけてやりましょう。ということで、今日は解散ね」

「さすがセラ。話がわかるな」

　と、捲《まく》し立てるセラとそれに賛同を示す椿。

　違和感。

　わたしはセツナの秘書と特待生の参謀を務めている。おかげでこれまでは他人に興味がなかったのに、観察せざるをえなくなったわけで。

そのおかげか否か。

最近になってみんなの特徴がちょっとだけわかっている。

まず椿。彼女は真《ま》っ直《す》ぐ過ぎるところがある。セツナほどじゃないにせよ、わたしですら言動を誘《ゆう》導《どう》できる自信がある。

特に忌《き》避《ひ》しているエッチなことに関してはなおのこと。

セラはそんな椿に己の背中を預けるぐらいに信頼し——性格を熟知している。

つまり、この場で反対を示せば、最低一人は賛成してくれることは想像に難《かた》くない。

セラがチカラを求める理由は同族の無念を晴らすこと。肉親の殺害。復讐《ふくしゅう》だ。

感情面において最も強いわけで。

なのに、この場に己と同じく『色違い《チカラ》』を求めるルナという存在、そしてセックスアピールでは強敵としか言いようのないエルフが相手ときた。

ふーん。そういうこと。危うく出し抜かれるところだったわ。

わたしたちに背を向けて特待生室を後にしようとするセラに、

「……ちょっと待ちなさいよ。解散してどこに行くつもりよ？」

「どういう意味かしら？」

呼び止めると、首だけこちらに向けてくるセラ。

見た目こそ冷静を装っているけれど、わたしの目は誤魔化《ごまか》せないわよ。

一呼吸して、核心に迫ることにした。

「別にぃー？　拒否する素振《そぶ》りを見せたくせに自分だけ水着屋に直行する気なんだー、とかぜんぜん思ってないから」

「どっ、どういうことだセラ!?」

「どういうことですのセラさん、ロゼさん!?」

目を剥いて驚きを隠せない様子の二人。そりゃそうよね。さっきまで特待生一丸となってボイコットする雰囲気だったんだから。

それがよもやセラだけ抜け駆けするつもりなんて夢にも思わないっての。

「……なっ、なにを言っているのかわからないわね」

肩を微かに上下させ、言葉に詰まるセラ。

はい、アウト！　額からうっすら汗が滲《にじ》み出てるわよあんた！

「逮捕！　現行犯逮捕ぉ！　みんな、特待生室からセラを逃がしちゃダメ！　自分だけ厳選した水着で抜け駆けするつもりよ！」

抜刀術の構えになる椿と、雷を身に纏《まと》わせ『逃がすまい』と臨戦状態に入るルナ。

逃げられないと悟り、諦観したんでしょうね。

セラは吸血鬼らしい、黒い笑みを浮かべて白状した。

「ロゼ――あんたみたいな勘の良いメスガキは嫌いよ」

サイテー！　最低だわこいつ！　よりにもよって開き直ったわ！


【セツナ】

なーんて、修羅場になってんじゃねえかな？　クハハ、揉《も》めろ揉めろ！

そして交渉決裂し、特待生同士で醜く、誰が男《セツナ》に選ばれるか蹴落とし合うがいい！

嫌いな男相手にセックスアピールしなければならない絶望と葛藤を味わいやがれ！

グハハハ!!!!


【ロゼ】

「はぁ……はぁ……いい加減にしなさいよセラ。悪いことをしたら、ごめんなさいでしょ……」

修練場に移ったわたしたちはセラの抜け駆けを武力で追及。

魔力が枯渇《こかつ》する寸前まで言い争っていたせいで、肩で大きく息をしてしまう。

最初こそ、わたしや椿、ルナが結託していたものの、「痴女エルフ」と全員が口にしたことをセラにほじくり出され、ぐちゃぐちゃの乱戦になっていた。

「悪いことってなにかしら……？　ここは王立魔術学院よ？　切れる手札は全て使う。魔術師なら当然のことじゃない。私からすれば騙《だま》される方が悪いのよ」

こっ、こいつ言うに事欠《ことか》いて……！

ロゼちゃんの額に青筋がピキピキと入っているのが自分でもわかる。

「セラさん、ひどいですわ！　わたくしを侮辱するだけではなく、抜け駆けまで！」

ルナが非難する。

セラに反省の色が見えないせいで、わたしは薪《まき》をくべてしまう。

「はぁ～ん。そういうこと。まあ仕方ないわよね。相手が美の象徴、エルフじゃ敵わないもんね――女として」

「ア？」

にゃはは！　やった、やった！　今度はちゃんと挑発が効いたみたいだわ！　今度はセラの額に青筋が立った！

「聞き捨てならないわねロゼ。それを言うなら貴女《あなた》でしょう？」

「「「――ふっ」」」

わたしの全身を確認したセラ、椿、ルナが同時に鼻で笑う。

はい、死刑決定。

魔力の枯渇が近いけれど、わたしは容赦なく三方向に中等光魔術を射出する。

いま、なん言《つ》った、あアん？

わたしは頬をピクピクさせながら、抗議する。

「言っとくけど、わたしは飛び級でこの学院に入学してんの。あんたらより年下なわけ。わかる？成長期なの！」

「私がロゼと同じ頃にはもう少しあったような気はするな」

「うっさい。脳筋には聞いてないわよ」

「おいロゼ、今のは聞き捨てならないな。誰が脳筋だ？　よもや私のことではあるまいな」

刀を握りしめるチカラが見るからに強まる椿。

ははっ、効果てきめんね。

『羞恥乱舞』で『心外無刀』を目指す椿にはまだまだ課題が多い。

ちょっとはマシになったとはいえ、未だ剣筋と感情を切り離せていないし、それができたとしても思考力《おつむ》が残念だ。

年下のわたしから見てもそうなんだから、セツナからすれば赤子の手をひねるように扱いやすいわよね。

手段こそ変態だけれど『羞恥乱舞』はよく考えられている。悔しいけど素直に感心するわ。

まず下着姿での剣闘。

直線的過ぎる椿を矯正《きょうせい》するのにこれ以上の修行はないと思う。

椿は剣士で――はしたないことや恥、曲がったことを忌《い》み嫌う鬼。

当然屈辱も相当のはず。

そんな女に下着姿で向かって来いと言われたら剣筋が単調かつ読みやすいものになるのはもはや必然。

魔術師相手に『動揺』はご法度《はっと》。克服できたとき、椿が得るものはとてつもなく大きい。

ハイリスク・ハイリターンの修行ね。

なによりみんなはセツナの本当の恐ろしさに気がついていない。

いや、薄々感づいてはいるけど目を逸《そ》らそうとしているのかな？

あの男の強さは色んな意味での【卑劣】。

いちいち癪に障る言葉一つでも武器になっている。

つまりあいつの真骨頂は【誘導】ってこと。

勝利に必要なことを逆算し、段階を洗い出し、それを一つずつ潰していくために必要な状況に誘い、導く。

それは『羞恥乱舞』を観察していればよくわかる。

椿の引き締まった肉体を堪能するようなボディタッチと感想。

触覚と聴覚を揺さぶっている。

それに釣られているからこそ、その先にあるセツナの先読みの領域に踏み入ることができてない。

必要な状況に誘い、導く。

いい？

いま、この場でこうして醜く言い争っているのはね、ぜーんぶ、セツナの読み通り。掌《てのひら》の中なのよ!!!!

それがわかっていながら避《よ》け切れなかったことと相まってロゼちゃんはイライラしてんの！

だからそういう事情を一切理解できていないあんたは――、

「この中で『脳筋』なんて椿以外いるわけ？　そんなこともわからないからセツナに弄《いじ》られるんだっての」

「斬る！」

急接近してくる椿を視界の端で追いながら、影に潜り、剣術を回避する。

再び地上に戻ると、なにやらルナがその無駄にバカでかい胸を張りながら、

「みなさん。こんな不毛な争いはやめにしなくて？　どの道、わたくしたちには奴隷紋が刻まれておりますわ。セツナの言うとおりにするのは癪ですけれど、正々堂々、砂浜で挑んで来てくださいまし

――まあ、美の象徴であるエルフのわたくしにはどう足掻《あが》いても敵わないのは同情しますけれど」

「「「あ？」」」

この中で女としての偏差値が高いのはわたくし。それは自明の理ですわ、とでも言いたげなルナの宣言にわたしたち三人の喉から驚くほど低い声が出た。

「どう足掻いても敵わない」を強調しやがったわ。

セツナに褒《ほ》めてもらおうなんて気は一切ないけれど、女には引けないときがあるのよ。

わたしもよくわかんないけど、ルナのドヤ顔勝利宣言は女の矜持《プライド》が赦《ゆる》さなかった。

「ふんっ。乳がデカいだけの女がなにを」

「椿さん、それはどういう意味ですの？」

――バチバチッ！

ルナの黄金の髪が逆立ち、修練場に紫電が疾走《しっそう》する。

ルナの女としての魅力は認めるわ。

最近じゃ、肌の手入れをはじめとする美容について色々と教えてもらってたりもするし。

本人も女としての武器を熟知している上に、それを誇ってるのも頷《うなず》ける。

だからこそこれはルナの特徴ではあるけど、彼女は容姿に関して矜持が高い。

そこを雑に扱われると機嫌が悪くなる。

「椿。気が合うわね。私も同じことを思っていたのよ」とセラ。

「……へっ、へえ。わたくしに恐れをなして不戦勝を企《たくら》んでいらっしゃったのはどこのどなたでして？」

「あ？」

「ア!?」

乾坤一擲《けんこんいってき》。

火薬の匂いが充満する修練場。

バチバチと火花を散らし合う。

仲間を出し抜こうとしておきながら一切悪びれることなく開き直った傲慢《ごうまん》な吸血鬼。

頭脳面ではまだまだ残念な脳筋鬼。

己が魅力に長《た》けていると自画自賛《ナルシスト》エルフ。

……ほんっっっっとロクなやつがいないわね！　マジで個の象徴みたいなやつばっかりじゃない！

セツナ班【神狩り】にはロクなやつが一人もいないわけ!?

「【黒血術】!!!!」

「【鬼人化】!!!!」

「【雷闘拳】!!!!」

「【天叢雲剣《あめのむらくものつるぎ》】!!!!」

こうしてわたしたちは延長戦に突入した。

☆

「「「「はぁ……はぁ……」」」」

延長戦も終盤。わたしの魔力はいよいよ枯渇寸前だった。

極太の稲妻を射出してくるルナ。

一瞬の隙《すき》を縫って懐《ふところ》に飛び込んでくる椿。

桁違いの威力と速度で迫ってくるセラ。

……チッ。腐っても特待生ね。

さすがのロゼちゃんも三方向に意識を割《さ》きながら、特性を活かした魔術や剣術を避けるのは骨が折れるっつうの。

——これだけのじゃじゃ馬を一斉に相手にしておきながら、捌《さば》ききってみせたセツナはバケモノね。

認めたくないけれど乱戦してようやくわかったわ。彼女たちを制御下に置くことがいかに人間離れした技だったのかって。

わたしは黒ゴスに目を向ける。

あー、もうボロボロじゃん。椿の刃《やいば》が何度も掠《かす》ったあげく、いたるところが熱や電撃で焼け焦げてしまってる。

それはみんなもそうだったらしく、セツナが喜びそうな——衣服が機能を果たさず、肌の色多めの光景が出来上がっていた。

かろうじて残った椿の袴《はかま》からは隠されていた艶《なま》めかしくも筋肉質の脚が大胆に露出し。

セラの魔術師として厳格さを見せつける礼装は見る影もなくなり、腕や脚、胸などあらゆるところが露出してしまっている。

衣装がそんな状態なのに、吸血鬼の再生力により肌は処女雪のように繊細かつ滑らか、驚くほど白いという。

アンバランスにもほどがあるわよ。

ルナは……とチラッと流し見る。

あー、はいはい。あんたの乳が無駄にデカいってことはわかったわよ。

こぼれ落ちそう、ていうか、もうこぼれてない？

「――まだ続けるつもりかしら？」

肌こそ綺麗《きれい》なセラだけど、見るからに疲労が溜《た》まってる。余裕があるような言動はおそらくポーズ。

魔術師お得意のハッタリ。本当は立っているのもやっとのはず。

なにせ【黒血術】が解かれている。現在は反動のせいで、口を開くのも億劫《おっくう》なんじゃない？

まっ、それはわたしも同じなんだけど。

「謝る気はないわけ？」

とロゼちゃんはジト目でセラを刺す。

「謝ることなんてあったかしら」

あっ、ダメだ。セツナの気持ちがちょっとわかった気がする。吸血鬼ってこういう傲慢なところが癪に障るのよね。

「……セラのこういう性格は今に始まったことではない。それよりもこの不毛な争いをどうやって切り上げるか、だろう？」

刀を杖《つえ》にして椿が口を挟んでくる。

彼女も【鬼人化】が解かれた状態。種族の特質上、忍耐強いのが特徴なのに片膝をついているという現実。

わたしも魔力が枯渇寸前だし、これ以上は心身に悪影響が出始めるギリギリね。

「あら椿。言ってくれるじゃない。そういう貴女は私と違ってわかりやすい性格ね」

「……はぁ。それ以上はやめておけセラ。これ以上はお前も辛《つら》いだろう」

「さあ、どうかしら」

バチバチと視線で火花を散らし合う鬼と吸血鬼。

【鬼人化】と【黒血術】の特性は一蓮托生《いちれんたくしょう》したあの日に共有済み。

そのとき二人が口にしたのはリバウンドの存在。互いに『立っているのもやっと』であることを打ち明けている。

我慢強い鬼と負けず嫌いの吸血鬼。セツナを殺すときは抜群の相性だったんだけどなー。

それが今や見る影もないわよ。

「ちょっとセラ。挑発禁止！　あんたらが全然折れないから告白するけど、もう魔力が底を突きかけてんの！　これ以上続けるつもりならわたし抜きでやってよね」

「ロゼさんに賛成ですわ。わたくしが今さら言えた口ではありませんけど、一度ここで冷静になってくださいまし」

「「ふんっ……！」」

セラと椿が忌々しいと言いたげにそっぽを向く。

あんたらね……いやいや、冷静に。これ以上はほんとシャレにならないし、落ち着けー。

「で？　どうすんの？　水着の新調を全員で拒否するわけ？」

「「「…………」」」

質問に黙り込んでしまう三人。わたしと違って三人はチカラを渇望している。

セツナに選ばれたときの報酬《ボーナス》とそれを得るために覚える屈辱。

それらを天秤《てんびん》にかけて思案《しあん》している様子。

「もちろん拒否《ボイコット》しましょう」とセラ。

誰が言っとんねん、とジト目のわたしたち。

「セラさん。さすがのわたくしも謝罪なしにそれは信じられませんわ」

ルナの主張はごもっとも。ここまで散々揉めに揉めて、それはないわー。

この場でそれを鵜呑《うの》みするほどわたしたちはバカじゃないっての。

「じゃあさ【制約《ギアス》】で強制的に遵守《じゅんしゅ》するってことでどう？」

「「「…………」」」

再び押し黙る三人。

セラはわかるとしてルナと椿！　あんたらは賛成する場面でしょうが！

えっ⁉　まさか二人まで出し抜こうとしてるわけ！

なに吸血鬼と一緒になって悩み始めてんのよ！　あーもう、マジでめんどくさっ！

この光景はまさしく仲間割れ。みんな疑心暗鬼《ぎしんあんき》になっている。

わたしはセツナの言動を振り返ってみる。

『「俺は真面目が売りの講師だからな。職務を全うしてやろう」』

『「各自、強化合宿で鍛えたい技術や克服したい弱点、習得したい魔術があればレポートを作成し、ロゼを通して俺に提出しろ。一考ぐらいはしてやる」』

なるほど。そういうこと。まんまとあんたの思惑どおり揺さぶられているわね。

セツナはわたしたちに奴隷紋を刻んで以降、本当に自習だけを言い渡してきた。

なのに特別なチカラを所有する存在であることだけは強烈に脳に植え付けられている。

そんな男から鍛え上げてやる、と口にされたら、藁《わら》をも掴む思いになるのは自然の流れってわけね。

あいつの思惑《おもわく》の真相に追いつくと同時。

セラは、

「ふっ。私たちは仲間《チーム》なのよ。【制約】なんて発動しなくても大丈夫よ」

鼻で笑いながらそんなことを言う。

――ピキッ。

凍った湖面にヒビが入ったような音がわたし、椿、ルナの額から聞こえた気がした。

百万歩譲って謝罪しないことはいいわよ。あっ、いや、いいってことはないんだけど、それはともかく！

なんで小馬鹿にしたように鼻で笑ってんのよ!?　えっ、なに、人を怒らせる天才なの？

「セラ、貴様……！」「セラさん、貴女という方は……！」「あんたねえ……！」

この期《ご》に及《およ》んで【制約】は使わない。でもみんなでセツナは無視しましょうね、仲間なのよ、だぁ!?

マジでいい加減にしなさいよ！

「やっぱり抜け駆けする気満々じゃない！」

「なによ？　私のことが信じられないの？　参謀が聞いて呆れるわね」

「っ！　いいだろう！　貴様がそういう態度なら私も好きにさせてもらう。後になって己が選ばれなかったことを嘆いても遅いぞ！」

堪忍袋《かんにんぶくろ》の緒《お》が切れた椿は聞くに耐えんと言わんばかりに立ち上がり刀を鞘《さや》に納める。

わたしたちに背を向け修練場を後にしようとする。

『後になって己が選ばれなかったことを嘆いても遅いぞ！』

……ゾワッと。背筋を何か良くないものが駆け上がってくるような感覚。

いまの発言の意図するところって水着を新調し、セツナの提示したレースに参戦表明したってことよね!?

……ヤバッ！

今さらになって本格的に焦るわたし。

あのセツナがこの展開を読めていないわけがない。

つまり、あいつはこの流れさえも折り込み済み。

嫌いな男のために真剣に選んだ水着を披露しなくちゃいけなくなってるんだけど！

そんなの絶対、セツナが喜ぶやつじゃない！　つーか、自分の嗜好《しこう》を満たすためにここまでえげつない先読みするとか、他に使い道ないわけ!?　呆れてものも言え――、

「そ。勘違いしているようだから言っておくけれど、この勝負に勝利するのは私以外ありえないわ。だって私、美人だもの」

あー、ちょッ！　セラも変なスイッチが入っちゃったじゃない！

ちょっと待って――と制止するより早く、肉体が蝙蝠《こうもり》となり、霧散する。

「ふふっ。こうなっては仕方ありませんわね。本意ではありませんけれど、女としての魅力はわたくしに敵わないことを思い知らせて差し上げますわ」

最後にルナも黄金の雷を纏ったかと思いきや、バチッと空気が弾《はじ》ける音だけを残して修練場を後にする。

なにもできずに取り残されるわたしは叫ばずにはいられない。

「セツナの鬼畜野郎おおおおぉぉぉぉ！」

【セツナ】

さーて、そろそろだな。

エルフのルナは美意識過剰、吸血鬼のセラは傲慢、鬼の椿は頑固一徹。

共通点は新たなチカラを求めて入学してきたことだ。

あいつらの言動が手に取るようにわかるぜ。

どうせ揉めに揉めて決裂した頃だろ？

全員で拒否を示せば嫌いな男にセックスアピールしなくてもいいってのに……バカだねぇ。

セツナ班【神狩り】結成の最終決戦では見事な連携を見せたってのに、ちょ～っと餌をぶら下げた途端、こうだもんな。

相変わらず扱いやすい教え子だ。

まっ、そのおかげで嗜好を満たすことができるんだから感謝しねえと。

どんな水着を見せつけてくれるのか、【下着占い】で確認してもいいんだが……こればかりは当日の楽しみにしてもいいだろう。

前述したが、俺の趣味の一つに女の下着や水着の品定めがある。

男一人で店に寄ることなんざ恥ずかしくもなんともねえ。

ちょっと前までは騎士や詰所に山のように通報されていた俺だったが、現在はお得意様だ。

スケベや下品なそれを発見するや否や値札も見ずにお買い上げ。

店によっちゃ専属のモデルやコーディネーターが着用したところを試着室で鑑賞させてくれるレベルだ。役得役得。

もちろん購入したそれらは【仮装自在】行き。コレクションの仲間入りだ。

俺の結界内ではパンティーを穿かないと呼吸ができないようになっている。

苦虫を噛み潰すような表情で下着に触れられたり、スカートを捲られたときの反応といったらもう！　控えめに言って最高だ。

奴隷紋を解こうと挑んでくる女子学生《メスガキ》も尽きねえし……さらに奴隷紋によって俺好みの脱ぎたてまで回収できるという。

おいおい、天才かよ。いつの間にか魔術師の命題【永久機関】まで完成させちまったようだ。

ここで俺が大好物の下着について解説してやろう。

下着はファンデーション、ランジェリー、ニットインナー、ショーツに分けられることは言うまでもないだろう。

もしもそれすら知らなかったやつがいれば、俺と酒は飲めねえだろう。

なにせこんなのは序の口だ。マニアックな話についてこられなくなるのが目に見えている。見聞を広めてから声をかけてくれ。

まずファンデーション。意訳すると基礎、基盤だ。芸術品のような女のボディラインを美しく整えるのが仕事だ。

ここに分類されるのが、我らが神と称《たた》えるブラジャーだ。ブラはいい。

猫耳にして被《かぶ》るのもよし、匂いを嗅ぐのもよし、ホックをいかに早く解けるか競うもよし、投げて魔術を喰《く》らい尽くし、それを射出させるのもよい。

そもそも乳は女神が与えた奇跡の双丘《そうきゅう》。その偉大なる大自然を維持・支持するために編み出されたのがブラジャーだ。

偉大なる大自然の恩恵を受けて育った男が惹《ひ》きつけられる下着であることは言うまでもないだろう。

さらに、ブラにはワイヤー有無の他に、フル、三/四、ハーフ、ブラレット、ブランジ、フロントホック、モールドカップ、ブラトップ、スポーツブラ、ナイトブラ……ｅｔｃ。

種類が多く、この場で語り尽くせないのが悔しいぜ。

ファンデーションの他にはガードル、ボディスーツ、ガーターベルトがある。

着用するのはセラ、椿、ルナ、ロゼとモデルは超一級品の美少女だ。

よもや三百歳を超えてから遠足を前にした童心に戻れるとはな！　こればかりは感謝してやるよ。

サンキューな！

次に、ランジェリーは簡単に言うと機能と装飾を兼ね備えたものだ。

ファンデーションの上に着けるということもあり、バリエーションが豊かになる。ファッションセンスが問われる分野だ。

キャミソールが有名か。あとはスリップ、ペチコート、テディあたり。

ここは正直にいえばロゼに期待したい。

ニットインナーは保温や吸汗を目的としたもんだ。

で、ショーツ。これにはさすがの俺もうるさいぞ。

代表的なものはジェスト、ビキニ、ハイウエスト、ブラジリアン、ボックス、Tバック、タップ。

パンティーは素晴らしい。

形状、色、素材（手触り）、刺繍《ししゅう》の有無、尻を覆う面積量、透け感、穿き心地と千差万別。

最も奥が深い分野といえる。

ビキニは面積が小さく、デザインが豊富である点から若い女に人気だ。俺？　もちろん大好物だ。

個人的にルナにはブラジリアンを期待したい。

これは尻が半分ほどしか隠れない。あいつは乳だけでなく尻もデカいからな。これを穿かれた日には撫で回し不可避。

女ってのは撫でられたらデレると噂《うわさ》に聞いたことがあるから、惚《ほ》れられちまうかもしれねえな。けけけ。

セラと椿はそうだな……均整の取れたモデル体型だ。なにを穿いても似合いそうではあるが――Tバックは外せない。

Tバックは尻を覆う部分がない。闇に潜む種族である二人にはぜひ黒を選んでいただきたいぜ。

いやー、最高の合宿になりそうだね。

休日返上して教え子の教育に付き合うだけでも教師の鑑《かがみ》だってのに、ワクワクして待ち遠しくなるなんて、俺って本当に優良な講師だよな？


【第三者視点】


一蓮托生し、セツナを降したのが嘘《うそ》のようである。

仲間割れした特待生たちはランジェリーショップ、水着屋に足を運んでいた。

所狭しと棚に並べられているそれらを視認した途端、サァーッと血の気が引いていく様子である。

その様子は誰がどう見ても困惑。やってしまった、と顔に書いてあった。

それもそのはず。

彼女たちは王立魔術学院に特待生として入学できるほどの才覚の持ち主。選ばれた者たちである。

これまでの人生で異性にうつつを抜かすことなど皆無。

美意識の高いエルフのルナですら下着や水着を見定めた上で購入する機会は決して多くなかった。

妹の無念を晴らすため、己に課せられた運命を覆《くつがえ》すため——娯楽や趣味にのめり込んでいる場合ではない。そう己に厳しく言い聞かせ、律してきた。

つまり、セラ、椿、ルナ、ロゼには奇妙な共通点があった。

美人や美少女だと評価される女でありながら男性経験はなく。

特定の男を興奮させるために、相手の嗜好や性癖を吟味した上で『これだ！』と確信した下着を選ぶことなど、あるはずがなかった。

そう。ずばり勝負下着や勝負水着の選定など生まれてはじめてのことである。

むろん相手はあの鬼畜講師である。変わった形の信頼関係こそあれど、女としての好意など微塵《みじん》もない。

そんな、男を喜ばせるために己たちが苦悩することなど本来なら必要のないことだ。

だからこそ、思い悩むことなく適当に選べばいい。いい。そう頭ではわかっているのだが――。

そうは問屋が卸さないのが、セツナが鬼畜講師と呼ばれる所以《ゆえん》である。

なにせこの勝敗によって新たなチカラが手に入る。

飄々《ひょうひょう》としながらも卑劣な言動を繰り返す講師ではあるが、実力は折り紙つき。

特待生全員に《奴隷紋》が刻まれているのが動かぬ証拠である。

だからこそ彼の掌の上で踊らされていることを自覚しても遅い。

全く道理に外れているが、講師と教え子の需要と供給が完全に一致してしまっている現状、ここで手を抜くわけにはいかなかった。

☆

【セラ】


これまで機能性で選んでいたけれど、こんなにも種類があるのね……。

店頭に足を運んで真剣に吟味するなんて何年ぶりかしら。

というか――。

内心、動揺していることを表に出さないようにしながら周囲を確認する私。

……………はっ、はしたない女だと思われていないかしら。

私は吸血鬼。それも名門中の名門、スペンサー家の出自。

なにより嫌いな男に性的興奮を覚えさせるため、真剣に下着を選んでいる現状が赦せなくなっていた。

むろん、それを見抜けなかったことも怒りを助長させる。

ヤられた。ほんっっっっとうに不覚。傲慢を逆手に取られたわ。あの鬼畜、さてはこうなることも計算済みね。

私は自他ともに認める傲慢だ。吸血鬼という種族は魔術師としても優秀であり、常に凌駕《りょうが》し続ける存在でなければならないと教育されてきたから。

けれど、あの男を前にするだけでその矜持はちっぽけなものになってしまった。

これは色々と考え直さないといけないかもしれないわね。

セツナの口にする〝連鎖〟に自ら足を踏み入れていることを自覚し、反省する。

いくら彼を制したとはいえ、椿、ルナ、ロゼと勝ち取った一勝。それも手の内を明かしたものだけのハンデ付き。

ロゼの、私ごと突き刺す意識外からの一撃必殺という作戦があってこそ。

引き返してみんなに頭を下げればまだ取り返しも――。

その光景を妄想する。

……うげっ。想像するだけで胸が痛いわね。

下着屋に足を運んだことでセツナの思惑にようやく気づき、恐れをなして退散。

無理よ！　無理無理！　あーもうっ！　なんで「私、美人だもの！」なんて啖呵を切ったのよ!?

おかげで頭を下げづらいじゃない！

方針変更。やっ、やっぱりみんなに謝罪するのはナシの方向で。

ここで尻尾《しっぽ》を巻いて逃げ出すのは癪だわ。

最近の下着事情――もちろん流行にも疎《うと》い私は意を決して若い女性店員に声をかける。

「どのような商品をお探しでしょうか」

「～～～で、お願いします」

「はいっ？」

ちょっと！　同じことを何度も口にさせないでもらえるかしら。恥ずかしいじゃない！

「だから男をヤる気にさせる下着と水着が欲しいのよ！　見繕いなさい！」

あーもうっ、顔が熱いわ。恥じらっているのがバレバレじゃない。

って、ちょっと、店員！　なに『ヤる気満々ですね。任せてください！』みたいな顔になってんのよ!?

その、わかってますよお客さん、みたいな反応やめてもらえるかしら。

屈辱！　本当に屈辱だわ！

殺す……！　セツナはいつか絶対に殺してやる！


【セツナ】

セラはあの性格だ。特待生を除き、頼れる学生なんざ皆無だろう。

新たな【黒血術】を口にしたことで、椿、ルナ、ロゼを出し抜こうとするのは必至。となれば仲間割れは時間の問題だな。

絶対に負けられない戦いとなれば、さすがのセラも下着屋や水着屋の店員に頼らざるを得ないはず……！

ククク、頬を紅潮させ、屈辱の表情で選定するあいつの様子が目に浮かぶぜ。いやぁ、愉《たの》しいねぇ。

偶然を装って乱入するか？「ねえ、いまどんな気持ち？」と煽《あお》るのも一興だ。

まっ、そこまで行くと今度こそ拒否《ボイコット》しかねないから、我慢するがな。

なにせ屈辱を感じているのはセラだけじゃない。それは椿やルナ、ロゼも一緒。

あいつらの性格から考えて今ごろは――。

【椿】


冷えてきた私の頭が、今度は痛くなってきた。

学院裏庭のベンチに腰掛けて、ため息をつく。

「はぁ……またやってしまった……私は愚かな鬼だ」

セラの傲慢な立ち振る舞いについカッとなり、自ら不穏分子《ふおんぶんし》と成り下がってしまったことに深い後悔を覚えていた。

不本意ながらセツナの弟子となった私は、このわかりやすい性格、言動、剣筋が矯正対象になっている。

『羞恥乱舞』などとふざけた――下着姿で剣闘させる修行において私はセツナに一本取ることさえできていない。

それどころか、よそ見や私の躰に触れる余裕さえある始末だ。それほど私は操りやすい剣士なのだろうか。だとしたら不甲斐《ふがい》なさ過ぎるな。

覆水盆《ふくすいぼん》に返《かえ》らず。

いずれにせよ、啖呵を切ってしまった以上、もう後戻りはできないだろう。

謝罪してもう一度交渉すればいいのだろうが、頭《こうべ》を垂れるならあの傲慢吸血鬼が先だ！

……きっとこういうところなのだろうな。私がセツナにいつまでたっても一本を入れられないのは。

しかし、どうしたものか。

これまで刀一本、修行だけでやってきた私は下着や水着には疎い。そもそも下着に求めるのは機能性のみ。デザインなどどれも同じだと思っている。

だが、それではダメだ。セツナのふざけたレースに乗る以上、徹底的にやらねば気が済まん。

本当に舐めくさってはいるが、あの男の実力だけは本物だ。

公になっている情報から鑑《かんが》みても、あいつの本気が遥《はる》か高みにあることは明らか。

なにせ《奴隷紋》の解除条件は〝鬼畜度X〟の発動。

私たち特待生は連携してようやくⅣを制することができた。

しかし、当学院の会長が率いる最強チーム、それも姉さんが所属しているそれですら、二つも切り札を残したⅧ止まりという。

チカラが欲しい……！

姉さんの隣で——肩を並べて歩むことができるだけのそれが！

そのためには魔術の習得。最大の弱点を克服する必要がある。

あの男はのらりくらりと追及を躱《かわ》し続けているが、私の欠陥——魔術を発動できない理由に目星がつき始めているに違いない。

でなければ、これまで自習一辺倒だったあの怠《なま》け者《もの》が強化合宿など言い出すわけがない。

……チッ。全てあいつの掌の上というわけか。

おそらく特待生同士で揉めることは想定内。

私が頼ることができる人物がごく少数であることもお見通しなのだろう。

きっとこれから誰の元を訪ねようとしているのかも、な。

いいだろう。たとえどれだけ惨めな手段であろうとも。どれだけ屈辱を浴びせられようとも。

魔術が習得できるのなら喜んで耐え忍んでみせよう。なにせ私は鬼。頑固一徹の種族だ。

待っていろセツナ……!

☆

「珍しいな椿。貴様から私を訪ねるとは」

剣術道場に移動すると、息一つ乱さぬ姉さんが私に好奇の視線を送ってくる。

道場には袴を着用した魔術師たちが、ぜーはーと虫の息で倒れている。人数にして百名程度だろうか。

「お忙しいところ申し訳ございません。お話がございまして立ち寄らせていただきました。立て込んでいるようでしたら――」

「――いいや。百人切りを終えたところだ。ちょうど物足りなさを感じていてな。どうだ、久しぶりにやるか？　話なら剣闘中に聞いてやるぞ」

そう言ってうつ伏せで倒れている魔術師の竹刀《しない》を拾い上げ、私に投げてくる姉さん。

相談には乗ってやろう。その代わり、私に付き合え。そういうことだろう。

願ったり叶ったりだ。

竹刀とはいえ、あの姉さんに稽古をつけてもらえるのだ。心が弾まないわけがない。

私は悩む間もなく言った。

「それでは着替えて参ります」

☆

白袴に身を包み、バチバチと竹刀をぶつけ合う。高速でそれらを捌き合うことで比喩《ひゆ》ではなく火花が散る。

たっ、楽しい……！　紆余曲折《うよきょくせつ》あったが、王立魔術学院に入学して良かったと心の底からそう思う。

姉さんもこの瞬間を楽しいと思ってくださっているだろうか。

「ふふっ……悪くないぞ椿。短絡的だった——かつての悪い癖がほとんど矯正されている。よくぞここまで性格を押し殺した剣筋を会得《えとく》した」

「～～～～っ！」

掛け値なしの賞賛に口元に綻《ほころ》びができてしまいそうになる。

鬼にとって竹刀の剣闘などもはや剣劇《チャンバラ》だ。

剣士の実力を示すには物足りない遊びだが、それでも嬉《うれ》しいものは嬉しい。

セツナに出会う前の——感情と剣筋が直結していたあの頃ではこうはいかなかっただろう。こればかりは素直に感謝するしかない。

言動による感情の揺さぶりを皮切りにあらゆる手を尽くし、明日を勝ち取るのが魔術師だ。

敵は正面から歯向かって来るなどと勘違いしていた私は阿呆《あほう》か。そんなわけがない。その認識が誤りだと、正してくれたことには感謝しよう。

「おかげで身体が温まってきたぞ。良いウォーミングアップになった。礼を言おう」

「いえ、礼を言うのは私の方です。予定が立て込んでいるときに申し訳ありませんでした」

姉さんの口にしたウォーミングアップにより、この後に何かあることを瞬時に理解する。

むろん嫌味などではない。姉さんは妹である私に感謝してくださっていることが伝わってくる。

本命の予定を聞きたいところではあるが、突然の来訪に加えて、これ以上踏み込むのは失礼だ。

「——ふっ。そう気を遣わなくてもいい。実はこれから鬼畜講師との決闘だ」

「⁉」

感情を表には出してはいけないとわかっていながらも、その告白は衝撃的だった。

案の定、注意されてしまう。

「減点だ。これしきのことで動きを鈍らせるな」

「すみません。不甲斐ないです」

気を引き締め直し、剣戟《けんげき》を続ける。戒《いまし》めのこもった一撃で両手にジーンと痛みが広がっていた。さすが姉さんだ。

「会長と副会長が『今日こそ鬼畜度Ⅷの穴を刺す』と張り切っていてな。作戦も申し分なく、内心私も楽しみにしている」

「そうだったのですか……」

刀は、口ほどに物を言う。刀で語れとは真理であり、切り結べばたちまち相手の感情が読み取れる。

思い返せば、突然の来訪にもかかわらず姉さんはご機嫌だった。

鬼は本能で強敵を求めてしまう。その特性上、心が弾み、それが剣筋に表れていたということだろう。

さて、どうしたものか……。

セツナとの決闘を控えていることを知った私は方針変更を余儀なくされていた。

この道場を訪れた真意は姉さんにとあることを確認するためだ。

「剣戟に付き合ってもらった礼だ。話があると言ったな？　気兼ねなく聞くが良い」

「…………いいえ。それでは決闘後にお願いしてもよろしいでしょうか」

私が口にしようとしていることは、間違いなく姉さんの精神に悪影響を及ぼしてしまう。

さすがにこれから決闘を控えていては――。

「なるほど。どうやら話しづらいことのようだな。優しいお前のことだ。私のことを想《おも》って言い出せないのだろう。だが、決闘の前後で言えば『前』の方がいいぞ？」

「……どういうことでしょうか」

決闘の前後で言えば『前』が得策？　いやいや。意味がわからない。

誰がどう考えても……。

真意を熟考していると、

「セツナに敗れたあの瞬間、貴様はどう思った？」

「……！」

姉さんの言わんとしていることを理解する。

「――悔し過ぎて己を殺したくなりました」

「ああ、そうだ。鬼にとって敗北は屈辱。まして相手は嫌悪している男だ。決闘後に荒ぶるな、という方が無理がある。貴様は文字通り赤鬼になった私の元に話を聞きに来るつもりか？　それも話しづらいことをだ」

「まさか姉さんともあろうお方が降されることを想定されていると？」

「忌々しいがな。だが、前にも話しただろう。私の目から見ても会長と副会長は天才だ。そんな彼女たちと組んで何度も退《しりぞ》けられてきた。今さら『簡単』などと思うほど馬鹿ではない」

要約するとこうだ。

決闘後は敗北の苦汁《くじゅう》を嘗《な》めさせられて荒ぶっているから、話を聞く暇などない。

話を聞く機会《タイミング》は今しかない、と。

「……」

逡巡《しゅんじゅん》。

「むろん話をする、しないは自由だ。私に気を遣ってここから去ろうとも構わん。お前が決めろ」

射るような眼光。

これから私が確認しようとしているのは馬鹿げたことだ。口にすることさえ憚《はばか》られる内容。

だが、中身の酷《ひど》さはともかく、懸かっているものは私にとっても決して譲れぬものではない。

姉さんが披露してくれた氷魔術『飛翔連燕《ひしょうれんえん》』を思い出す。

硬度、切味、弾速――。

無数の氷燕を掻《か》い潜《くぐ》り、懐に入るためには魔術が必要不可欠だ。

このままでは刀さえ切り結ばせてもらえないだろう。

……私は覚悟を決め、姉の目を見据える。

「最初に謝罪させていただきます。これから私が話す内容は姉さんに邪念を抱かせてしまうものです」

「構わん。話せ」

さすがセツナに一本の刀として完成が近いと言わせしめた剣士。一切の躊躇《ちゅうちょ》がない。

「では、失礼します。これまでの経験からセツナが性的興奮を覚えるであろう水着と下着を教えていただけませんか？」

「――はっ？」

生まれて初めて姉さんの呆気顔を見たような気がする。貴重過ぎるな。

「……すまない椿。どうやら決闘に意気込み過ぎて耳がおかしくなったようだ。もう一度言ってもらえるか」

「端的に申し上げます。セツナが好みそうな下着や水着をご教授いただきたいのです」

――バチンッ‼‼‼‼！

これまでの剣戟が嘘に思えてくるような凄《すさ》まじい剣筋。

～～～～～～～～痛っ！

油断せず警戒していたおかげで、なんとか竹刀で受けることができたものの、両手が痙攣《けいれん》するほどの威力。

「……ほっ、ほう。貴様はあの男に味わわされた屈辱を姉から話せと、そういうことか？」

怖っ！　滅多なことでは感情を表に出さないあの姉さんが口角を引き攣《ひ　つ》らせていた。

背後に漂う紅の妖気。鬼の固有魔術《オリジナル》。

……おいセツナ。貴様、一体姉さんに何をさせたらここまで怒りを爆発させることができるのだ。

「おっ、落ち着いてください！　これには事情があるのです！　決して姉さんを侮辱するつもりで口にしたわけではありません」

目の前の鬼に内心震えが止まらない。

まとわりつくような妖気。道場から生気を抜き去らんとしている。凍えるような寒さだ。

「詳細を聞かせろ」

「はっ、はい！」

私は改めて姉さんの恐ろしさを目《ま》の当《あ》たりにした。

命が惜しくばこっち方面は禁忌だな。ましてやその話題で揶揄《からか》うなど以っての外だ。

「つまりなんだ、そのいかがわしい合宿で魔術を習得するために、白羽の矢を立たせる必要がある。そういうことか」

「はい」

鬼のような剣戟を捌きながら事情を話し切った私は目が潤みそうになるのを必死に堪《こら》えていた。

やはり姉さんにこの話題は鬼門《きもん》だっただろうか。いや、だがしかし。

特待生に頼れない以上、私には頼ることができる人が姉さん以外にいないのだ。

あの鬼畜講師《セツナ》のことだ。私よりも三年早く奴隷紋を刻んだ姉さんに与えた屈辱は相当数だろう。

いかがわしい衣装や下着を強要したであろうことは想像に難《かた》くない。いや、想像はしたくないのだが。

少なくともこれまでにも似たようなことはあったはずだ。

「……私は悪夢でも見ているのだろうか。椿、すまないが頬をつねってくれるか」

「恐れ多いですが……失礼して」

剣戟も終えて、いわゆる『頭痛が痛い』状態の姉さんの頬をつねる。

「ははは。現実か。この事実が悪夢だな全く」

額に手を置きながら嘆かわしそうに呟く姉さん。

明らかに弱っているその姿にセツナの言葉がフラッシュバックする。

『紫蘭という一本の刀として完成が近い剣士の唯一の弱点、それは椿。お前だ』

私を大切に想ってくださっているからこそ、妹が姉さんの弱みになるという。だから退学するよう厳しく当たったと。

その事実を痛感したとき、私は誓ったのだ。私という存在は姉さんの弱みではなく強みに転換してみせると。

そのためなら、この程度の恥は喜んで浴びてみせよう。

たとえ現状がどれだけ無様《ぶざま》なものだとしてもな！

「事情は理解した。同情もしよう。だが納得はできん。――そもそもお前もお前だぞ椿。己が何を言っているのかわかっているのか？」

「むろんです」

「いいや、わかっていない。やはりお前は甘いな。そもそも貴様はセツナの口にした『チカラを与える』という言葉を無条件に信じているのだぞ」

威圧の眼光。決闘直前の昂《たか》まりと相まって、正直に告白すれば漏らしてしまいそうだった。

だが、セツナの奴隷になってからの私はとっくに底辺だ。これ以上下がることなどない。ならば浮上していくだけのこと。

「姉さん。内容こそ看過《かんか》できないくだらないものですが、あの男は己の欲望には嘘を吐《つ》きません。むしろ私の躰を貪《むさぼ》るためならば、無理やりにでもねじ込んでくるでしょう。私の目の前にいる貴女が何よりの証拠です」

私の知っている紫蘭は魔術を——ましてや複合属性である氷などを発動する鬼ではありません。

セツナの言う『魔改造』された傑作が目の前にいるのです。今さらあいつの言葉を疑う余地はありませんよ。

「……チッ。チカラに関しては既成事実があるのが裏目に出たか。私はいいように使われている。これも全てあの男の掌の上だと思うと忌々しいな」

論破できないことを恨めしそうに口にする姉さん。ここが畳み掛けどきか。

「お願いします。どうかご教授いただけないでしょうか」

「それは次の返答次第だ。椿、なぜそこまでして私を追いかけようとする。答えろ」

頭を上げると姉さんが真剣な目で見つめていた。誤魔化すことのできない真っ直ぐなそれだ。

どう答えるべきか。一瞬、逡巡してしまった私だが、最初から決まっていた答えを口にすることにした。

「――貴女を守るためです」

現在の姉さんにとって、妹の想いなど戯言《ざれごと》にしか聞こえないことだろう。なにせ実力は雲泥の差。このままでは刀さえ切り結ぶことのできぬ決闘を迎えることになる。

タイムリミットは姉さんが卒院するまでの一年。その僅《わず》かな期間で遥か高みに君臨する姉さんを降すという。

現実が遠過ぎて吐き気がするレベルだ。

「寝言は寝て言え――」

一蹴。けんもほろろ。

ダメで元々だったが、やはり現実は甘くない、か……。

姉さんに拒否を示されたことで計画が白紙になる。さて、どうしたものか。

セツナの課題に応えるため、他に何ができる？

次の方針を考え始める。礼と挨拶《あいさつ》を済ませて道場を後にしようとした次の瞬間。

「――だが、私を守るため、か……ぷっ、あっはははははははは！」

「ねっ、姉さん……？」

突然、腹を抱えて大笑いし始めた姿に呆気に取られてしまう。

内容がふざけ過ぎていたせいで壊れてしまったのだろうか。しかし、それは私のせいではなくセツナが――！

「いや、赦せ椿。考えてみればおかしくてな。私に頭を下げてまで教えを請うのが、セツナの好みそうな下着や水着。その上、私を守りたいからなどと宣《のたま》う。あっはっはっは！　ここまで腸《はらわた》が煮えくり返ると、むしろ清々《すがすが》しいな」

「なっ……！」

姉を超えるために姉に頭を下げ、教えを請う。それも男の好みそうな下着をだ。

言葉にすると想像以上に思うところがある。くっ、いっそ殺せ……！

「いいだろう。さらなる高みを求める本能には私も理解がある。なによりお前の意志は本物だ」

まさかのイエスときた！　やったぞ！　これであの鬼畜講師の課題は合格間違いなし。

「あっ、ありがとうございます……！」

「礼など不要だ。だが、覚悟しておくのだな。私に頭を下げることなど比ではない屈辱がお前を待っているぞ？　……くっ、鬼をバカにしたようなアレを妹に伝授する日が来ようとはな。思い出すと腹立たしい。いいか椿。一度しか言わんから絶対に聞き漏らすなよ。あいつが再三私に着用させようと躍起になったのは――」

どうやら不快な思い出も一緒に掘り返させてしまったらしく、セツナが性的興奮を覚える下着と水着のデザインを耳元で呟いた姉さんはそそくさと道場を後にした。

取り残された私は打ち明けられたその趣味の悪さにしばらく意識が飛んでしまっていたようだ。

本当にあいつはまともという言葉を知らんのか……！　性癖が歪《ゆが》み過ぎている！

ええい、ままよ！　考えるな！　無心だ！　無心でやつの好みの下着を――。


「――ぷっ」


姉さんから教えてもらった水着と下着を店員の前に差し出したときに漏らされた笑いを、私は一生忘れることはないだろう。

くっ、本当に殺せ……！


【ルナ】

なっ、ななな……なんですのこれは！　破廉恥《はれんち》ですわよ!?

特待生のみなさんと決裂してしまったわたくしは水着屋へ。

下着や水着などの新調は久しぶりですから、最初こそ物色するのを楽しんでおりましたわ。

ですが、ただ可愛《かわい》さを求めるだけでなく、セツナが喜びそうなものを――。

そんな思考をしながら見定めていることを自覚したとき、鬼畜講師の掌の上だったことをようやく自覚しましたの。

うう～、失態でしてよ。生理的に抵抗ある殿方を喜ばせるために自ら刺激的な水着や下着を選定。あの鬼畜がやりそうなことですわ。なによりそれを誘発してみせたあの男の神算鬼謀《しんさんきぼう》。底が見えないですわね。

一体どういう思考回路をしているんですの。

それにまんまと乗せられたわたくしも猛省《もうせい》する必要がありますわ……。

ですが、セラさんたちにもその一責はあるとは思わなくて？

奴隷紋を以て命令されていたなら諦めもつくというもの。ですが、今回は誘導のみ。全員で拒否《ボイコット》するという選択肢もたしかにありましたから。

なのにセラさんときたら……「だって私、美人だもの」でしてよ？

――傲慢にもほどがありますわ！　いくら主席合格だからって、言って良いことといけないことがありますの！

「でも、さすがにこれは過激ですわね……」

手に取ったヒモ水着はVカットハイレグ――ほとんど全裸。大事なところがかろうじて隠れる布面積。

どう考えても殿方に性的興奮を覚えさせるために設計された水着ですわ。

……この羞恥と引き換えに『色違い』が手に入ると思えば——いやいや、いくらなんでも……ですが。

逡巡。

キワどい水着を手に持ちながら唸《うな》るわたくし。

とっ、とりあえず購入してから後でゆっくり考えればいいんですわ。

この屈辱は他のみなさんも覚えていることでしょうし、もしかしたらまだ拒否《ボイコット》の可能性もありますし。

ええ、そう。そうですわ！　わたくしはこのVカットハイレグをセツナに披露したいわけではなく、あくまで『黒雷』のために——。

「えっ、嘘でしょ、ルナ!?　あんたまさかそれで参戦するつもりじゃないでしょうね!?　やっぱり痴女エルフじゃん！」

ひぃっ！

突然、話しかけられたわたくしの心臓が飛び跳ねますの。

振り返るとそこにはドン引きしたロゼさんが指を差しながらあわあわと慌てた様子。

ゆっくりと状況を飲み込むわたくし。

手に持っているのは超が付くほどの過激な水着。

修練場で啖呵を切った記憶がフラッシュバックしましてよ。

「ふふっ。こうなっては仕方ありませんわね。本意ではありませんけれど、女としての魅力はわたくしに敵わないことを思い知らせて差し上げますわ」

ボンッ。そんな音が聞こえてきそうになるぐらいには全身が熱を帯びていることを自覚。恥辱。屈辱。自惚《うぬぼ》れ。そういったものを一斉に感じましたわ。

「あっ、いや、これはその——違うんですの！」

わたくしは立ち去ろうとするロゼさんを制止すべく後を追いかけようと——、

「ちょっと付いて来ないでよ！　わたしまで変態扱いされるじゃん！」

ちょっ、ロゼさん!?　公衆の面前ですわよ！　言って良いことと悪いことがあるのではなくて!?

屈辱ですわ……！

よりにもよって年下のロゼさんに目撃されたあげく変態扱いなんて！


【ロゼ】

うげぇ……！

どうしてこんなことになっちゃったわけ!?

セラや椿もヤる気満々だし、ルナなんて目に入れるだけで悲鳴を上げたい水着を手に取ってるし。

うぅ……もうマジむりぃ。

☆

【セツナ】

王立魔術学院理事長室。

俺は理事長《ババア》に拉致《らち》監禁されていた。

紫蘭たちとの決闘を済ませ（もちろん降してやった）これから水着が映えるリゾート地選定に入る矢先のことだ。

嫌な予感しかしねえ。

「しかしお前も弱くなったものだ。もはや別人じゃないか。師匠として——お前に女の味を教えた者として残念だよ」

煙草《たばこ》を咥《くわ》えながら弄るように言う理事長。

黒髪美人は仮の姿。見た目こそ二十代だが、中身は百戦錬磨のババアだ。

ソファに腰を下ろす俺の全身には『縛縄《しばりなわ》』が巻き付いていた。

【色欲《しきよく》】の魔法が付与《エンチャント》されて最強の束縛力を誇る魔導器だ。

さすが王国最強の魔術師——いや【傲慢】の魔法使い。

俺のような、なんちゃって魔法使いとは格が違い過ぎる。

「さっさとこの縄を解きやがれババア！　女に縛られて興奮する癖は俺にはねえぞ！」

縛っていいのは縛られる覚悟がある者だけ？

そんな覚悟ねえよ！

「よよ。悲しいね。私の躰を毎晩求め、貪っていた可愛い坊やはどこに行ってしまったのかな」

「うぎゃー！　うぎゃぁぁぁー!!　やめろ！　それ以上口を開くんじゃねえ！」

何を隠そう俺の童貞卒業――初めての女は目の前の理事長《ババア》だ。

師であり、俺に女の味を覚えさせた最凶の魔女。神々に敗れ死を待つだけだった俺に【色欲】の禁書を読み込ませた鬼畜、いや外道でもある。

外見こそ若いが、中身は俺と同じく年寄りである。

認めたくないもんだよ。若さ故の過ちってやつはな……。

過去も現在も彼女は特別な存在だ。切っても切り離せないと言っていい。

それを向こうも熟知している。

だからこそ当学院の教授が担当すべき案件を俺に振ってくることも多い。

おかげでこうして殺人業務である。給金は非常勤講師としてのそれにもかかわらず。

人使いの荒さは天下一。その方面に関しては俺が霞《かす》むほどの鬼畜だ。

で、俺が拘束されているこの状況が意味するところだが――。

早い話が雑用だ。それを俺に振ろう、つう魂胆だろう。長い付き合いだ。それぐらいのことはわかる。

全力で逃走したものの、努力虚《むな》しく現在に至るわけだ。

「貴様が望むなら……文字通り一肌脱いでやってもいいんだがな？」

と理事長《ババア》。シャツのボタンを外して谷間を見せつけてくる。

「いらねえよ！」

大好きなはずのそれも年増だけは例外だ！

おそらくババアのことを家族に近い何かだと認識してしまっているんだろう。

悔しいが愛情と性欲は別回路なわけだ。

パチンと指を鳴らすと俺を拘束していた『縛縄』が解《ほど》けて粒子化。

俺の懐に戻ってくる。他人の魔導器の支配権を強奪するなよ。

化け物め。

「かかか。冗談だ。まだまだ揶揄い甲斐があるじゃないか坊や」

「……チッ。さっさと要件を言いやがれ」

「どうせお前のことだ。《魔術戦技祭》で特待生——セラ、ロゼ、椿、ルナを使って下《げ》剋上《こくじょう》するつもりだろう？」

「ああ、そうだが」

俺は手首の縄の痕を摩《さす》りながら答える。

「二年、三年次生にはお前が魔改造した魔術師がいる。特待生といえど挑めば完封されて終わりだろう。つまり、短期間で急成長させる必要がある」

こりゃ全部お見通しって感じだな。

あーやだやだ。

「お前を非常勤講師に就任させてからというもの学生の――とりわけ女子生徒の質が飛躍している。褒めてやろう」

「そりゃ結構、コケコッコー。生徒を毒牙《どくが》にかける講師を採用とは、お偉いさんも相当イカれてやがる」

遠回しの嫌味だったんだが、

「くくく……褒めるなよ」

褒めてねえよ。

「お前が食う女はいつも卒院生だ。現役生じゃない。だからいいというわけではないがOGたちからの評価は悪くないぞ？　むしろ、外道や姑息《こそく》な魔術師に耐性があったからこそ生き延びることができたと感謝する者もいるぐらいだからな」

「……」

「オリュンポス十二神にとって我々魔術師はただの駒。そしてこの世界は彼らの盤《ボード》と言ってもいい。いつ命を落とすかわからない。お前の教えはこの世界の理不尽に直面した卒院生ほど活きる傾向があ

る」

「そりゃどうも」

「強化合宿をするんだろう。出張費は学院で面倒をみてやってもいいぞ？」

「……どういう風の吹き回しだ」

「なに。大した話じゃない。合宿先をここにしてもらいたいだけさ」

そう言って差し出してきた資料に目を通す。

真っ先に飛び込んできたのは場所だ。行き先がアヴァロン島と記載されている。

魔術剣士最高位――歴代アーサー王が眠るリゾート地の一つ。

「ここ最近、墓荒らしが横行しているのは知っているな？」

「ああ。たしか第四階梯《かいてい》ばかり狙われていたアレだろ」

ここ最近、魔術師の死体を漁《あさ》る事件が各地で頻発《ひんぱつ》している。

魔術師の遺物ってのは触媒になる。

そのため死霊術師や闇魔術に長けた者の仕業だというのが濃厚だ。

【円卓の騎士団】の見解によると、遺物を高値で買い取っている者がいる、とのことだ。

そいつが墓荒らしが横行することになった黒幕だろう。

「そうだ。アヴァロン島には歴代アーサー王の他にも名だたる魔術師の墓がある」

なるほど。なんとなくだが話が見えてきたぜ。

さてはアヴァロン島から不届き者捕縛の依頼が学院に来たな。

この島は歴代アーサー王が晩年を過ごし、永眠の地にしている。リゾート地としても有名だ。名を轟《とどろ》かせた魔術師の墓も少なくない。

墓守を担《にな》っているのは【円卓の騎士団】。だが、この組織は例年、人手不足だ。

さすがに歴代アーサー王の墓を荒らすようなイカれたやつはいないが、横行している墓荒らしに頭を悩ませていると聞く。

それを特待生たちの強化合宿に組み込め、と。

……労働じゃねえか。

「この学院の方針により非常勤講師の給金は微々たるものだ。そこでだ。心優しい理事長が優秀な講師とその特待生たちのために一肌脱ごうというわけだ」

「この学院の方針＝てめえの意志だろ。白々しいにもほどがある」

とはいえ、アヴァロン島か。

自分の懐をあてにせず学院の金でリゾート地に行けるってのは助かる。

他人や組織の金で出張できるのは、それだけで魅力的だ。

むろんいいように使われているわけだが、それだって特訓と称してあいつらにやらせればいいわけだ。

いいだろう。理事長の掌の上ってのは思うところがあるが、今さらだしな。

「詳しく聞かせろ」

こうしてセツナ班【神狩り】は、歴代アーサー王が眠るアヴァロン島での強化合宿が決定した。

そこで最悪の再会を果たすことになるのは――まだ少し先の話だ。

☆

【第三者視点】

――アヴァロン島。

歴代アーサー王が眠る王墓。その第三禁止区域にて。

闇の中で一人の女が微笑《ほほえ》んでいた。

「八代目アーサー王ここに眠る――こんなに簡単に聖遺物が手に入るなんて。拍子抜けもいいところよ」

漆黒《しっこく》のドレスに身を包む女――その容貌は第十六位始祖を思い浮かばせる。

現在進行形で墓を荒らしている――それも歴代アーサー王――にもかかわらず、罪の意識がない様子。

彼女の正体はリア・スペンサー。

【強欲《ごうよく》】の魔法使い。第二位始祖。神に近い吸血鬼。世界最高峰の死霊術師――。

第十六位始祖、セラの姉であり彼女の家族を抹殺《まっさつ》した大犯罪人である。

現下、頻発している魔術師の墓荒らし。

その主犯格は何を隠そう彼女であった。

死霊術師にとって死者蘇生《そせい》は永遠の命題。ただし、それには当然〝触媒〟が必要となる。

現代では死体を触媒に死者蘇生を試みることは禁忌《タブー》とされており、またかつての天才魔術師たちは例外なく挫折《ざせつ》を味わってきた。

死んだ人間、魔術師は蘇《よみがえ》らない。

それがこの世界の常識。限界。真理。

大罪を犯してまで魔術師の死体――触媒を入手し、さらには数多《あまた》の魔術師を挫折させてきた命題に挑戦することは無謀を通り越して、狂気の分類に当てはまる。

故に歴代アーサー王が眠るアヴァロン島といえど、その警備は残念ながら手薄と言わざるを得ない。

あらゆる機関から追われる立場――指名手配になってまで得られる遺物に価値はないからだ。

リア・スペンサーが八代目アーサー王墓に辿《たど》り着いてなお、駆けつけることができたのは【円卓の騎士団】副団長一人である。

「よもや歴代アーサー王の聖遺物欲しさに禁忌を犯すような大馬鹿者がいたとはな。警告だ。それ以上奥に進むなら貴様の首と胴体は一瞬にして切り離されると思え」

ゆっくりと【円卓の騎士団】副団長に振り返るリア・スペンサー。

その美し過ぎる容貌には余裕の――それでいて楽しそうな微笑。

「ふふっ。ようやく小粒のお出ましかしら。あまりに簡単過ぎてむしろ退屈をしていたところなの。ちょうど良かったわ」

「貴様……！」

「同情するわ。秩序と治安を司《つかさど》る【円卓の騎士団】は人手不足だものね。王墓の護衛すらまともな剣士を配置できていないのが何よりの証拠。でも軽率な判断じゃないかしら。死霊術師に死者蘇生は不可能――その油断が根底にあるのでしょうけれど……何百年前の常識を鵜呑みにしているのかしら」

リア・スペンサーの纏う雰囲気がより一層禍々《まがまが》しいものになる。

気圧《けお》された【円卓の騎士団】副団長が剣を構える。

「……っ！　最終警告だ。出頭しろ。でなければ――」

「私の首と胴体が切り離されると思え、だったかしら。そうね、あまりにも簡単に終わってしまっては面白くないし、どんな魔術でも受け身で待ってあげる」

真っ白な首筋を晒《さら》すリアだったが、

「もう終わっている。剣術秘伝【隼《はやぶさ》】」

先手必勝。油断大敵。

先に仕掛けたのは【円卓の騎士団】副団長。

ゴドンッと鈍い音。

大理石でできた床に首が落ちる。まごうことなきリア・スペンサーのそれだった。

さすが【円卓の騎士団】副団長にまで上り詰めた剣士。一瞬の剣術である。

一流に限りなく近い剣技。

だが、

「弱過ぎて話にならないわね」

「なっ！」

副団長が驚くのも無理はない。

切り離したはずの胴体が立ち上がる。生首を手に取ったかと思えば驚異的な再生速度で元通り。ツーと、縫われるようにして繋《つな》がった首筋には傷一つない。

真っ白で柔らかそうなそれだ。

「ありえない！　貴様の首はたしかにこの私が――」

「ありえない、なんてことはないでしょう？　事実目の前で起きているんだから」

「さては貴様、死霊術師か？　ならば再生不能になるまで切り落とすだけのこと。覚悟しろ」

「選ばせてあげるわ」

「なにっ？」

「貴方も【円卓の騎士団】の端くれでしょう？　歴代アーサー王はどれも異色の剣士ばかり。腕に覚えがある剣士ほど、意見が割れるそうじゃない。剣筋、剣術、流派。得意とする属性魔術。それを組み合わせた我流。何代目に会ってみたいかしら？」

「何を言って……」

「【墓守】なんてハズレ部署に配置された哀れな剣士に冥土《めいど》の土産《みやげ》よ。尊敬するアーサー王が葬って
あげる。誰がいい？」

「揶揄《からか》うのも大概にしろ！」

再び剣術秘伝【隼】を発動する副団長。

だが、それより早くリア・スペンサーの禁忌が発動する。

「禁等闇魔術《きんとう》――【英雄召喚】」

刹那、彼女の足元からドス黒い棺《ひつぎ》が出現。

禍々しい音とともに扉から出現したのは――、

「馬鹿な!?　死者が蘇生しただと――!?」

「英雄に屠《ほふ》られる。その名誉を彼に。征《ゆ》きなさい――八代目アーサー王」

Chapter 2 第二章

変態、勝負水着を審査する

【セツナ】


待ちに待った合宿当日。

日ごろの行いが良いからだろう。快晴だ。

青い海と、白い砂浜。眩《まぶ》しい日差し。

見た目だけは最高レベルの特待生たち。

さあ、舞台は全て整った。それじゃあ楽しい合宿を始めますか。

「できれば日が落ちてからの方がありがたいのだけれど」

と開口一番、セラが水を差してくる。

白いワンピースに麦わら帽子。モデルが良いため、深窓の令嬢なんて言葉がよぎる。

浮かれているのは俺だけらしい。

「……日が落ちてからだとナイトプールか。悪くはねえがせっかくのリゾート地だ。海は外せねえだろ。そんなに嫌なら不戦敗ってことにしてやろうか？」

それが意味することを指で示してやると露骨に嫌そうな顔をするセラ。

余談だが、爵位の高い吸血鬼――いわゆる貴族たちは陽光で消滅することはない。

せいぜい弱体化だ。

消滅してしまうのは吸血鬼でも格下たちとなる。

「……はぁ。傲慢な態度を取った代償ね」

そうだな。なにせこの展開は全て俺の想定通り。

復讐を誓うお前なら新たなチカラのために抜け駆けするだろうと確信していた。

企みを隠し通せればまた違った展開になっていたことだろう。

だが生憎《あいにく》、俺には特待生の性格や特徴を叩き込んだ秘書がいる。

ロゼならセラの『仲間を出し抜く』傲慢を必ず見破ると踏んでいた。

そうなればこっちのもの。個の象徴である特待生だ。血気盛《けっきさか》んな年頃に加えて互いが好敵手《ライバル》でもあるわけで。

頭では結束すべきだとわかっていながらそれができない状況の出来上がりだ。

いやー、ちょろいね。これだからメスガキは最高だぜ。

「さて」

俺は指を鳴らして講師教員の正装からアロハシャツと短パンに変わる。

【仮装自在】の限定発動だ。

俺の早着替えにセラ、椿、ロゼ、ルナがぎょっとする。

「「「「ごくり……」」」」

いよいよ鬼畜合宿が始まる。不安、緊張、後悔、焦燥《しょうそう》……。彼女たちの胸中は大荒れだろう。心中察するぜ。

もちろん容赦は加えないが。

「俺が教え子に甘いことはお前らも熟知していることだろう」

「どこがよ」「どこがだ」「どこがですの」「どこがだっての」

ジト目で射貫いてくる特待生たち。おいおいお前ら本当に学ばねえな。そういう呆れや軽蔑が入り交じった視線は大好物だっての。

俺にとっちゃご褒美だぞ？

「珍しく俺は機嫌が良い。というのも学院——理事長《ババア》の金でリゾートを満喫できるからだ。出血大サービス。お前らの望みを最大限尊重してやろう」

「えっ!?」「本当か!?」「本当ですの!?」

セラ、椿、ルナが食いついてくる。

チカラを求める理由はそれぞれ復讐。共闘。再起。

いやはや扱いやすい教え子だぜ、全く。

一方、ロゼは冷静だ。人参《にんじん》をぶら下げられた雌馬《めすうま》どもを「あーあ、また乗せられているわ」とでも言いたげな表情で傍観している。

「セラ。お前の弱点はチカラを追い求めるあまり基礎を蔑《ないがし》ろにする点だった。そこに気が付き、俺の言いつけを守り、土台を固めてみせた。主席合格は伊達《だて》じゃない」

「……ふんっ。当然よ」

なんだ傲慢吸血鬼。お前、照れるのか。可愛いじゃねえの。

「吸血鬼の基本戦術『静動《せいどう》』、結界魔術の緻密操作――【固有領域】の克服。お前は次の段階だ。具体的に言おう。【色欲】の禁書《きんしょ》に触れてもらう。新たな【黒血術】だ」

「【色欲】の禁書……？　それはつまり貴方と同じように魔法を発動できるようになるということかしら」

「それはお前の精神力次第だ。下手《へた》すりゃ脳が焼き切れる可能性もある。むろん、そうならないように俺がいるわけだが」

「そのチカラがあればあの女に――」

自分の世界に入り込むセラを横目に視線を移す。

一呼吸してから、

「椿には朗報だ。お前の魔術を発動できない理由について目星がついた」

「なにっ⁉　ならば今すぐ――！」

「落ち着け。お前は何を聞いていた。そこの傲慢吸血鬼が基礎を蔑ろにしていたおかげで成長が遅れたと示唆したところだろ。がっつき過ぎ」

取り乱したことを自覚し、頬を紅潮させる椿。いやあ、いいね。朱色に染まる女は大好物だぜ。

「お前は『羞恥乱舞Ⅱ』に移行する。それが達成され次第、魔術習得に入る。適性属性は『火』と『雷』。前者はセラ、後者はルナが教える。監修はロゼ、お前に任せる」

「ええっ!?　聞いてないんですけどー！」

ロゼが困惑する。

椿はこれから適性属性を発動することになるわけだが、ここで変な癖がつけば、その矯正は想像以上に厄介《やっかい》となる。

『火』はセラが、『雷』はルナが、特待生の中でも群を抜いて操作が上手《うま》い。

どうせなら一流かつ一蓮托生である仲間から教わる方が良いだろう。

監修にロゼを噛ませたのは、初心者である椿と、天才であるセラとルナの指導を良い塩梅《あんばい》にするため。

ロゼ本人は無自覚だが、こいつには教員としての才覚がある。でなければ特待生の弱点克服メニューなど組めるわけがない。

個の象徴をまとめ上げ、俺を降した功績は本物だ。

ロゼが困惑した理由は、責任が重大であることを即座に理解したから。

俺は役得である特訓――『羞恥乱舞Ⅱ』だけする所存《しょぞん》。

面倒なことは全部ギャル魔女に回すつもりだ。

「具体的な内容はそのときに説明する。ルナは引き続き高等土魔術の習得が先決だ。『色違い』は早くてもその後だ」

「わかりましたわ」

正直に言えばルナの『色違い』は鬼門だ。

セラの場合、復讐に全てを捧《ささ》げる覚悟は確固たるものだ。

チカラのためならば全て捨てることができる。

だが、ルナは良くも悪くも蓋《ふた》をしてやがる。負の感情を完全な制御化に置けていない。つまり精神があやふやだ。

この状態で禁書に触れると成功しない可能性が高い。さて、どうするか。

この問題は先送りだ。時間が解決してくれるのを待つしかない。

俺は俺らしく刹那に生きると決めている。

てなわけで、お楽しみ。生着替えと行きますか。

〈【色欲】『恥辱』のため、魔法の発動条件を確認〉

名付けて、

「結界魔法【影姦遮蔽《えいかんしゃへい》】！」

結界魔法【影姦遮蔽】。

早い話がシルエット演出だ。

部屋の窓に吊るす布――等身サイズのカーテンがセラ、椿、ルナ、ロゼを囲む。

逆光により彼女たちの曲線が強調される。まだ衣服を脱いでいないにもかかわらず、このエロさ。

なるほど。これが着エロの真髄《しんずい》か。

「……なによこれ」

とセラ。

「俺の命令通り水着を新調してきたな？」

確認するや否や気まずい雰囲気が場を支配する。

特待生たちは互いに目を配らせ合うものの、一致団結できず現在に至るわけで。

牽制《けんせい》し合うだけで誰も何も回答しない。

痺《しび》れを切らした俺は白状させにかかる。

いやあ、メスガキどもに屈辱を覚えさせるのは楽ちぃね。最高かよ。けけけ。

「なんだ……お前らの野望ってのはそんなもんか。ん？」

『！』

俺の煽りにセラ、椿、ルナの顔色が劇的に変わる。

「あんたねえ……もうちょっとやり方を考えられないわけ？」

ギャル魔女はこめかみを押さえながら言う。頭痛が痛い、とでも言いたげなそれだ。

他の三人と違って欲望がほとんどないロゼは一歩引いた言動。

特待生の参謀だけあって一人だけ冷静だ。

だが、鬼畜講師の俺がその余裕を許すわけがねえだろう。

「ロゼ。お前、何か勘違いしてないか？」

「はぁ!?　わたしが勘違い？　一体なに言って――」

「――セックスアピールに負けたらエッチなおしおきをさせてもらう。言っておくがこれは嘘でも何でもねえからな？」

「なっ！」

犬歯を剥き出して露骨な表情になるロゼ。

そうそうそれそれ。そういう焦りが見たかったんだよ。

お前は天才故に感情の起伏があまりないからな。

「おっ。年相応のメスガキっぽくなってきたじゃねえか。言っておくが俺はそういう反応をされる方が興奮するタチだ。覚えとけよ」

「嬉しくねえし！」

「そうだな……後に引けないようにしておくか。奴隷紋を以て命ずる。セックスアピールで最下位に指名された者はセツナに日焼け止めローションを塗らせろ――と」

「バカじゃないの!?」

とロゼが吠《ほ》えると同時、

「……うげっ」「ぐっ」「ぬっ、塗るのでして!?」

特待生全員が困惑を見せる。

ルナに関しては無意識下で肉体に自信があるせいか、動揺が勝り、セラと椿は本当に吐き気がしているように見える。

ふーん。俺のマッサージはそんなに嫌か。燃えるじゃねえの。

「なんだその嫌そうな顔は？　ありがとうございます、だろ？　大事なところぐらいは隠させてやろうと布《タオル》一枚ぐらいはくれてやろうと思ったんだが」

「「「ありがとうございます！」」」

かつて俺はここまで怒声が入り交じった感謝の言葉を聞いたことがない。

「そうかそうか。感謝に堪えないか。そりゃそうだよな。特待生を気遣い、日焼け止めローションを塗ってやろうってんだから。いやー、俺って本当に講師の鑑だな」

うんうんと頷きながら言ってやると、どこからともなく、ぶちっ、という音。

「ん？　どうした？　誰かいま血管が切れなかったか？　若いんだから躰は大事にしろよ」

ぶちぶちっ。

視線を四人に向けると目が充血してやがった。額には視認できるほど血管が浮かび上がっていた。

セラと椿に関してはマジでブチ切れる五秒前といった感じか。

さすが特待生でも特に血の気が多い吸血鬼と鬼だ。

これでロゼも含めて『絶対に負けられない戦い』がここに出来上がったわけで。

それじゃ、シルエット生着替えを鑑賞させてもらいましょうかね。

「【影姦遮蔽】はお前らのシルエット――女の曲線美である凹凸《おうとつ》を影で視姦《しかん》できる結界魔法だ。もちろん術者の俺以外は視認できないようになっている。プライバシーの保護は徹底しているから安心してくれ」

「「「安心できないわよ／できるものか／できませんわよ／できるかっての！」」」

「この結界の優れている点は着替えるところをシルエットで楽しめるだけじゃない。遮蔽――カーテンを捲るまでお前らの勝負水着がわからないドキドキと期待感だ」

「……椿、ルナ、ロゼ。一度しか言わないからよく聞きなさい。ごめんなさい。今後は傲慢を控えるよう努めるわ」

「セラ！」「セラさん！」「反省が遅いっての！」

これからシルエット――曲線美――女を主張する凹凸を視姦される現実に己のやらかし加減を認識したのか、傲慢吸血鬼が詫《わ》びていた。これだからわからせはやめられない。

「で？　誰から披露してくれるんだ？　なんなら先着順に評価を上乗せしてやるぞ？」

俺の慈悲に再び牽制し合う特待生たち。

青い空。白い砂浜。朱色に染まる美少女たち。

いやはや、最高かよ。

☆

最初に吹っ切れたのは意外にも鬼の椿だった。

【影姦遮蔽】により生肌を拝めないのは惜しいが、女の脱衣と着衣を逆光によるシルエット鑑賞できるのは控えめに言って最高だ。ご馳走様《ちそうさま》。

いやあ、これぞ合宿の醍醐味《だいごみ》だよな。

「……ふんっ。反吐《へど》が出る」

恥辱と怒りにより赤鬼となって出てきた椿。よく鍛えられている上に女としての主張も決して忘れない肉体美はさすが、の一言。

彼女はトラ柄の水着を着用してカーテンから姿を現した。

「おいおい。鬼がトラ柄かよ」

俺はあえて呆れが入り交じった声音と視線を椿に向ける。

こうすることで彼女の羞恥心が耐えられなくなることを知っているからだ。

「ちょっと待て、なんだその反応は!?　このような格好を姉さんにさせたのはお前だろう!?　なぜ呆れている!?」

「……へえ。ということはなんだ、お前は生理的に嫌悪している男を喜ばせるために、あの鬼姉に直接確認しに行ったわけか？　ずいぶんとヤる気満々じゃねえの」

「ちがっ……！　これは魔術を習得するために仕方がなく――」

図星にあたふたする椿。振動する度に揺れる魅惑の谷間が眩しいね。

「――そうそう。なぜ鬼がトラ柄の下着を穿くか知っているか？」

「は？」

「鬼――ここでいうのは人喰い鬼のことだが、災いをもたらす存在だ。この鬼の出入りが北東――これが鬼門の由来だと言われている。この方角は十二支《じゅうにし》で表すと丑寅《うしとら》に当たるんだ」

「だから何だ!?」

と犬歯を剥き出しにする椿。

「おいおい。今の解説でわかっただろ？　どうして俺がそんな雑学を知っていると思う？　大好物だからだよ。鬼にトラ柄。最高じゃねえの。覚えておいて損はねえだろ？」

「鬼を何だと思っているのだ貴様は――【雷神】」

トラ柄水着のまま抜刀術を放ってくる。俺の立っていた砂浜が抉《えぐ》られる。

もちろんこれは誘発したもの。すなわちいとも容易《たやす》く躱すことができる。

抜刀術【雷神】は発動直後にほんの僅かに硬直時間が生じる。

俺は【奇跡不逃《きせきふとう》】で動体視力を叩き上げ、彼女の懐に潜り込む。

【仮装自在】から取り出すのは角《つの》のカチューシャだ。

ただし、ただの飾りじゃあない。【色欲】の魔法を付与《エンチャント》――【制約《ギアス》】がかけられている。

「なにをするっちゃ」

刹那、椿の語尾が強制変換される。

彼女は口元を隠すように手を被せ、目を見開く。

「教え子の扱いには自信があってな。特待生以外に頼ることができないお前は必ず姉に相談すると踏んでいた。そのときの紫蘭の反応を拝めなかったが、想像するのも一興。きっと怒りに打ち震えていたんだろうよ。で、なんだかんだ妹に甘いあいつのことだ。己が受けた恥辱を飲み込んで、俺の性癖をお前に伝達すると思ってな。結果は案の定。そのカチューシャはとある条件を達成するまで取れないようになっている。普段は凛としたお前が特待生の前で『だっちゃ』。同情するぜ？」

さらに魔道具の『玉《ぎょく》』を取り出す。

これは頑固一徹の鬼が恥じらう姿と萌《も》え属性を追加した映像――人はそれを黒歴史と呼ぶ――を保存するためだ。

この映像を視認した紫蘭の反応もまた面白そうだ。

これぞ鬼畜の遊び方というものだ。

「…………」

会話をすれば鬼をバカにした語尾を口にしなければならない。

その対策として沈黙という手段を取る椿。

バァーカ！　甘い、甘い！　俺がそんな初歩の対処法を赦すわけねえだろ！

「そのカチューシャには呪い《カース》があってな。語尾を一定回数以上口にするまで絶対に外れねえぞ？」

鬼の顔から血の気が引いていた。

さーて、お次は誰だ？

☆

「椿のお披露目が終わったぞ。早く出てこーいー。文字通り尻を叩いてやってもいいんだぞ？」

なかなか次の出場者が決定しない状況に痺れを切らした俺は、カーテン越しに言ってやる。

「あー、もうっ！　わかったわよ！　着ればいいんでしょう、着れば！」

椿が真っ先に姿を現したことで焦燥を覚えたセラがいよいよ吹っ切れた様子。

【影姦遮蔽】から姿を現した。

彼女の登場により、俺の目玉がこぼれ落ちそうになる。

「お前っ……！」

セラが選定した水着は童貞を殺すニットセーター――の進化系、水着ｖｅｒである。

特筆すべきはその肌面積の小ささ。予想以上にハイレグときた。

セラは着痩《きや》せする女だと改めて思い知らされる。谷間、横乳、下乳とあらゆる方向からこぼれ落ちそうなデザイン。

セーターなのに水着だと……？

斬新過ぎる……！

「……ほう。けしからん」

俺は顎《あご》に手を当てながら、上下左右、色んな角度からセラ童貞を殺すセーター（水着ｖｅｒ）を鑑賞させてもらう。

吸血鬼特有の再生力により傷、染み、皺《しわ》一つない滑らかな肌。

暗闇を好む種族、その性質上、日焼けなどあろうはずがなく、処女雪のような白さだ。

素晴らしい！　エクセレント！

「いつまで観察しているつもりかしら!?　さっさと次に移りなさいよ！」

恥辱に耐え切れないセラは茹《ゆ》で蛸《だこ》のように染まる。

視線が刺さる先を腕で隠そうと躍起になればなるほど柔らかボディが強調されるという好循環が生まれている。

「まさか童貞を殺すセーターの水着バージョンとはな。驚いた。というか、人目を気にするお前がよく買えたな」

吸血鬼は傲慢だと揶揄《やゆ》されることもしばしば。自他ともにそれを認めている種族だからな。

まあ、魔力容量、魔力濃度、魔眼、魅了、幻術、瞳術《どうじゅつ》、【黒血術】などを考えれば魔術師としてエリートの道を歩むわけで。そうなってしまうのも仕方がない。

大事なのはそんな気高《けだか》き女が男好きする水着を店員の前に差し出す――もしくは見繕ってもらったという現実。

それがここにあることだ。

文字通り、よく買えたな。店員の前ではしたない水着をお買い上げしたセラ。ぜひお目にかかりたかったもんだぜ。

「復讐を果たした次は雪辱《せつじょく》よ。覚悟しておきなさい」

ふむ。やはり腹に据えかねているらしい。

瞼《まぶた》を閉じて小刻みに震えてやがる。

とはいえ、傲慢な女が嫌悪している男のためにはしたない水着を手に取った現実は俺をゾクリとさせるものがある。

鬼畜講師の名に恥じぬよう存分に視姦させてもらおう。これはそのお礼だ。受け取ってくれ。

「奴隷紋を以て命ずる。椿、セラの水着を見た感想を伝えてやれ」

「「なっ⁉」」

セラと椿が目を見開く。

二人とも俺から辱《はずかし》めを受けることは覚悟していたことだろう。

だがしかし、好敵手でもある仲間から正直な感想を告げられることは予想できなかったはず。

口は災いの因《もと》とはよく言ったもので。鬼《おに》が出るか蛇《じゃ》が出るか。

セラのはしたない水着を間近で見ることになった感想を暴露してもらおうか。

やがて奴隷紋が染まり、命令に逆らい切れなくなった椿は「ふっ」と小馬鹿にしたように鼻で笑ったあと、

「さすがにありえないっちゃ」

「はっ、はぁ!? トラ柄を選ぶような安直な鬼に呆れられたくないわよ！　というか何よその語尾。全然似合ってないわよ。ふざけているのかしら」

「あ!?」

「ア!?」

バチバチと火花を散らし合うセラと椿。

傲慢と頑固。まさしく犬猿の仲とはこのことだ。ワンワン、キーキー言い争ってやがる。

血の気が多い種族故に、どちらかが先に手が出たんだろう。

いわゆる手四つで睨み合う二人。取っ組み合いにまで発展しそうな空気ときた。

おそらく恥辱が限界に達し、怒りに変換されているんだろう。

かかっ。揉めろ揉めろ！

学生を引率する講師ならこの醜い争いを止めにかかるべきだろう。だが俺は違う。

もはや言うまでもないが、この状況は誘発したものだ。

美少女＋海＋水着とくれば、あとはキャットファイトだと相場が決まってんだろう。

見てくれだけは魅力的な女がこぼれ落ちそうな水着で暴れ回る。

かかっ。最高じゃやねえの。

俺の性格上、講師と生徒のラブコメは期待できねえからな。

生憎、こういう手段でしか美味《おい》しい展開を作れないわけよ。

やがて二人は砂場を飛び回るほどの、激しい体術の応酬《おうしゅう》。

相手を蹴ろうと脚を上げればムチムチの太ももが、手先を尖《とが》らせた拳闘を繰り広げればワキが、跳躍すれば豊かな胸部がバルンバルンと揺れまくる。

バカだねぇ。本来は手を取り合って俺を排《はい》すればいいものを。

ちょっと隙を突いたらこれだ。扱いやす過ぎて心配になるレベル。

まっ、こちとら伊達に長生きはしていないわけで。

ガキの扱いなんざちょちょいのちょいさー。

にしてもちょろいわー。

☆

「はぁ……はぁ。これぐらいにしましょう椿。考えてみれば私たちが争う理由が見当たらないわ」

「奇遇だなセラ。ちょうど私も同じことを考えているところだっちゃ」

おっ。ようやく我に返ったようだな。

水着姿で暴れ回っていた二人は汗で髪が乱れ、全身砂まみれ。

なんとも艶めかしい光景ときたもんだ。

目の保養が続く俺とは対照的に鬼と吸血鬼の表情には疲弊が色濃く滲み出ている。

炎天下で不毛な争いをしたことで体力を消耗したんだろう。げっそりという表現が似合いそうだ。

一方、俺はポロリ付きキャットファイトのおかげで体力が回復。

実に見応えがあった。

そんな対照的な光景に呆れ果てているのはギャル魔女のロゼだ。

【影姦遮蔽】で待機を言い渡され、痺れを切らした様子。

「いつまで待たせんのよ」

「なんだロゼ。そんなに俺にお気に入りの水着を見せたいのか?」

「なわけないでしょ!　このふざけた水着コンテストをさっさと終わらせたいだけだっての!」

だろうな。

「それじゃお前の番だ。出て来い」

俺の指示に「……はぁ。ほんっと最悪」とどデカいため息をこぼしながらカーテンから姿を現す。

恥ずかしさを誤魔化すようにウェーブのかかった毛先をくるくる絡《から》める仕草を繰り返す。

こいつは飛び級で進学したこともあり、まだまだ成長が期待できるメスガキだ。

秘書の格好をさせたときにも確信したが、ロゼは大人になったとき、凄まじい色気を醸《かも》し出《だ》すに違いない。

つまり、現在しか見られない貴重な水着姿というわけだ。魔道具『玉』で撮影不可避。

「――なるほど。奇を狙わず、ど定番で攻めてきたか。悪くない選択だ。褒めてやる」

「全然嬉しくないんですけどー」

口をへの字にするロゼはスクール水着を選んでいた。

一方、俺はニヤニヤ。なにせ彼女の思考が手に取るようにわかる。

水着コンテストの開催――チカラを求めていないロゼからすれば参加しなくていいイベントだ。

だが、最下位になればエッチなおしおきが待っている。ギャル魔女としてはゴメンこうむりたいだろう。

椿、セラ、ルナは言うまでもなく発育が早い。女としての魅力をすでに兼ね備えていると言ってもいい。

一方、ロゼは少女としての魅力で勝負するしかないわけだ。そこで少しでも露出する面積を少なくしつつ、最悪の展開を避けられるものを思案したに違いない。

その結果がスクール水着だってんだから皮肉なもんだ。やるじゃねえか。

セラと椿を確認すると何か言いたそうな顔をしてやがる。

おいおい顔に出過ぎ。さては懲《こ》りてねえな。

「奴隷紋を以てセラと椿に命ずる。感想を伝えてやれ」

「「よく似合っているじゃない／っちゃ」」

嘲笑《ちょうしょう》が入り交じっていることを即座にロゼも理解したんだろう。

「そっくりそのままお返しするっての」

「「あ⁉」」

またしても火薬の匂いを充満させる特待生たち。放っておけば乱闘に突入するそれだ。

キャットファイトは鬼と吸血鬼で堪能したからな。今回はスキップしてやろう。

「落ち着けよ三人とも。椿はスク水の魅力について考えたことねえか？」

「あるわけないっちゃ」

「えっ、なにその語尾。ウケるんだけど」

反射的に答えてしまった椿を指差しながら「あはは☆」と小馬鹿にしたように笑うロゼ。

一方の椿は忌々しい表情。年下のロゼにバカにされたことで角のカチューシャ強引に外そうとするが、無駄な抵抗だな。呪い《カース》を解くためには条件を満たすほかない。残念無念。

椿の「クソッ……！」という悔しそうな様子を横目に説明を再開する。

「スク水には可愛さと背徳。相反する感情を抱かせるところに魅力が詰まっている」

「いや、聞いてねえし！」とロゼ。

「じゃあ黙って聞け。紺色の素朴なデザイン。これが幼さを引き立てるんだ。さらに肌の露出面積は決して大きくない。だからこそ胴体以外の部位——腕や足が引き立つ構造になっている。この絶妙なバランスは狙ってできるもんじゃない」

「ねえ、どうしようセラ。わたし、なんか怖くなってきた」

「大丈夫。私もよ」

説明に熱が入る俺をよそにロゼがセラの腕をぎゅっと握りながら後ずさる。

セラも母性をくすぐられたのか、ロゼの頭に手を置き、抱き寄せるように言う。

相変わらず礼儀の足りないギャル魔女と吸血鬼め。

って、おい！　鳥肌が立ってやがるじゃねえか!?

言っとくがまだ序の口だぞ!?　これぐらいでやめると思ったら大間違いだ！

「覆われているからこそ逆に強調されるヒップ。大胆に露出した太もも。未成熟にもかかわらず、いやらしさを感じさせてくる」

そこまで言ってロゼを見据えると、

「ひぃっ！」

マジで失礼なヤツだな！　本物の悲鳴じゃねえか！

「だが、一点。大きな減点箇所がある。俺はそれが残念でならない」

「わたしはあんたの頭が残念でならないっての！　さっさとルナに移りなさいってば」

俺は罵倒をモノともせず【仮装自在】から白い布——名札を取り出す。

黒マーカーでデカデカと『ロゼ』と書いた名札は粒子となって霧散。

パチンっと指を鳴らすと同時、ロゼの胸部に名札が縫われる。

「最初から付いていれば優勝だったんだが——惜しかったな？」

「マジで死ねばいいのに」

侮蔑《ぶべつ》が入り交じった眼差しと声音。

「たかが名札。されど名札。この破壊力は決して無視できねえぞ？　白い布に名前を記載しただけで幼く見えるんだ。これはもう魔法と表現してもいい。そう思うだろ？」

「思わねえし！　キモい解説しか出てこない口をさっさと閉じろ」

とロゼ。確認すれば両目に涙を浮かべてやがる。これ以上聞くのは我慢ならないという反応だ。

ふむ。ここからが本番だったんだが——。

いいだろう。メスガキへのわからせも堪能したし、このあたりで切り上げてやろう。なにせ俺は変態紳士だからな。

さて、残すはルナか。

美意識が高いあいつなら最初に姿を出すと思っていたんだが。

予想に反してずっと引きこもってやがる。

俺がスク水の魅力を語っている間もずっと悩ましそうだった。一体、どんな水着を選んだらそうなるんだよ。

「いい加減、着替え終えただろ？　カーテンを開けるからな？」

「ええっ⁉　待ってくださいまし！　まだ心の準備が――」

カーテンを開けた先で飛び込んできたのは超が付くVカットハイレグ。

はっきり言って大事なところ以外は隠れていない。

なるほど。道理で出てこられないはずだ。

『色違い』のために勇気を振り絞って手に取ったんだろうが、やり過ぎ。

グラビアアイドル顔負けの素材だけにもったいない。

ブラジリアンビキニなんかで止《とど》めておけばいいものを。

俺とセラ、椿、ロゼの哀れそうな視線に耐えられなくなったんだろう。

ボッと顔から湯気が放出。沸騰しそうな勢いで頬を紅潮させていく。

「なっ、なにか言ってくださいませ」

「「「恥辱エルフ」」」

「ひゃう！」

結論から言う。ルナは出オチ。以上！

☆

視線の先には絶景が広がっていた。

特待生たちの水着姿は想像以上に眼福《がんぷく》だ。

ただし、一名を除いてだが。

「納得がいきませんわ！　わたくしだけ扱いが雑ですの！」

出オチ要員にされたルナは目に涙を浮かべながらぶつぶつ文句を言っている。

ロリ巨乳にVカットのハイレグ。たしかに色香が凄まじい。

だが、どんなに美味《うま》い飯でも食い過ぎは胸やけがするように、過剰はマイナスになる。

『色違い』を求めるあまり、露出面積を大きくすればいいと考えたんだろうが、短絡的過ぎる。

よって、

「まずは最下位から発表させてもらおう――言《い》っても満場一致だろうがな。ルナ、お前だ」

「「「当然」」」

「そんな～、あんまりですわ」

目をバツにしながら涙を流すルナだが、本人もやり過ぎたことを意識しているんだろう。

抗議する素振りもなく、ただ後悔しているように見える。

口に出すつもりはねえが、モデルは良いんだ。精進しろ。

「ルナ。お前の敗因は着衣のあるエロチシズム――着エロの概念《がいねん》が理解できていなかったことに起因する」

「……うぅ、なんですのそれは。ですが、参考までにお聞きしますわ」

「男ってのは単純だ。露出が大きくなれば大きくなるほど興奮する。だが、着衣には想像力を働かせるという副次作用があってだな」

「想像力を働かせる……」

「今回で言えばロゼのスクール水着が良い例だ。胴体のほとんどが布で覆われているにもかかわらず、見えないからこそ妄想が捗《はかど》る。野暮ったいデザインにもかかわらず、背徳感まで生まれた。こうして『見えないのにエロい』になるわけだ。つまりチラとモロ。このバランス感覚が大切ってことだ。これに懲りたら『肌を隠す』ことも覚えるんだな」

ルナは普段の精霊衣装も過激だからな。今回のぞんざいな扱いで反省することだろう。

「穴があったら入りたいですわ。もういっそ殺してくださいまし……！」

娯楽小説の「くっ、殺せ……！」を口にするやつが本当にいたとはな。

ククク。これはこれで悪くない。

「それじゃ優勝者を発表する」

パチンと指を鳴らす。【影姦遮蔽】を応用し、ムービングスポットライトを再現。

優勝者を明るく盛大に照らすため、もったいぶるようにスポットライトを動かしていく。

生理的に嫌悪している男に順位を付けられるという屈辱的な場面にもかかわらず、緊張の一瞬だ。

「鬼でありながらトラ柄を選び、真っ先に着替えた椿だ。お前には報酬として集中特訓をしてやろう」

「……はぁ。喜んでいいのか、屈辱を覚えるべきなのか。わからなくなってきた」

動き回るスポットライトが己だけに注がれた瞬間、椿が複雑そうな表情を浮かべる。

どうやら角のカチューシャに付与していた呪い《カース》も解けたらしい。

いつも通りの口調に戻っていた。

「よし。拘束は解いてやろう。せっかくのリゾート地だ。好きにしろ」

第一回水着コンテストを終えた俺は特待生たちを解放。自由時間にする。

日光が苦手なセラは宿に直行。

ロゼは落ち込んでいるルナを励まそうと海水浴を提案。他の水着に着替えて水浴びを堪能してやがる。

ほう。他人への興味が薄かったロゼが自ら特待生のフォローに回るとは。

ギャル魔女は意外と面倒見が良い。

ファッションや美容という共通の趣味があるロゼとルナは特待生たちの中でも特に接触の多いペアになりつつある。

一方、セラと椿も犬猿の仲でありながら互いを認め合う好敵手という関係性が出来上がりつつある。

俺を含め、全員が目的を果たすために仲間を利用し、利用される。

良い傾向だ。

俺は仲睦《なかむつ》まじいロゼとルナから視線を剥がして、隣にいる椿に注意を戻す。

砂浜は修行にはうってつけの環境だ。

それじゃ優勝賞品である集中特訓に付き合ってあげるとしますかね。

「改めて優勝おめでとう椿。誘発したとはいえ、まさかあの紫蘭に確認しに行くとは……命知らずなやつだな」

「バカもの。一体どれだけの屈辱を味わわせたのだお前は。あれほど激昂《げきこう》した姉さんなど初めて見たぞ――だが、結果が全てだ。約束は果たしてもらおうか」

鬼の眼光。筋を通させようと威圧してくる。

「焦るなよ。ちゃんと約束は守ってやる」

「ならば早速始めてもらおうか」

血の気が多いねえ。

「お前は『羞恥乱舞』で感情と剣筋が直結しなくなりつつある。おかげで見ていられる程度にはなった」

「ふん。いつまでも貴様に蹂躙されるのは御免《ごめん》なのでな」

腕を組んで忌々しげに言う椿。

トラ柄水着の胸部が強調されている。眼福だ。ありがとよ。

「だが詰めが甘い。セクハラを受ける前提——心構えはできちゃいるが、いざ弄られると露骨な反応だ。これだと誘発されっぱなしだぞ」

「それは特訓内容が全面的に悪いからだ！」

非はこちらにあるという全力の反応。

ごもっともだ。

だが、俺は鬼畜講師だ。相手にするつもりはない。

「お前の姉——紫蘭を降すには壁が高いことは理解しているな？」

「むろんだ」

「お前は心のどこかで魔術が習得できれば、と楽観的に考えている。最初に断っておく。習得後に絶望を覚えることになるぞ。覚悟しておけよ」

「なに？」

椿の睨みが強くなる。

これぐらいの感情を見せることは許容してやろう。

「紫蘭には『序破急《じょはきゅう》』という——まさしく鬼に金棒の才覚《センス》がある。これがどういったものか、お前なら知ってるだろ？」

「視認した剣術を瞬く間にモノにする。恐ろしいのは模写するのではなく、上位互換として編み出してしまうところだ」

「その通り――剣士としての質が問われるわけだが……長期戦になれば、剣術が先に枯渇する。才能の差が大きく開いて、手も足も出なくなるからだ。紫蘭の『序破急』、真に厄介なのは戦意消失にある。何十年、何百年と修行して得た剣術を決闘まもなく再現される。しかも上位互換ときた。とことん矜持を踏《ふ》み躙《にじ》られる」

「……」

椿が瞼を閉じた。

姉妹として過ごした幼き頃を思い出しているんだろう。

当時から姉の圧倒的な剣術、その才覚をこいつは見聞きしているはずだ。

姉と妹の実力差を叩きつけられたことは一度や二度じゃないだろう。

「セツナ。それでも私は並びたいのだ」

やがて覚悟がこもった瞳で俺を射貫いてくる椿。

『百鬼夜行《ひゃっきやこう》』という業を一人で背負わせたくないからか？」

「ああ。それもある。だが――」

「――だが？」

「私は幼き頃から一度たりとも姉という存在に勝つことができなかった。身の程を知れと言われればそれまでだが、私とて鬼だ。悔しくないわけがない。勝ちたいと思うのは当然だろう」

ふむ、勝ちたい……か。悪くねえ願望だな。

意志の強さは努力量に直結する。必然だ。

椿には鬼らしく鬼メニューをこなしてもらうとしますかね。けけけ。

「なんだその顔は？　どうせ貴様も内心で――」

「バーカ。卑屈《ひくつ》になるのはやめろ。別に馬鹿していたわけじゃねえよ。聞きたかった台詞《せりふ》が聞けたと思ってな。ただそれだけだ。それじゃ本題に行くか。いかなる剣術も上位互換にしてしまう才覚。どう対処するつもりだった？　お前の考えを参考までに聞かせろ」

まずは思考放棄していないかどうかを確認する。

姉に勝ちたいなら道筋ぐらい妄想しているはずだ。

魔術師にとって思考は切っても切れない関係にある。

高度な心理戦も全ては脳内から始めると言っていい。

「貴様の言ったとおり、長期戦はやはり不利になる。精神面においても同様。そこで私が考えたのは一撃必殺。一発で仕留めにかかるのが良いと考えている」

「初見殺しで行くわけだな」

「そうだ。これを問うたということはお前にも狙いがあるのだろう。もったいぶるのはよせ。認めたくはないが、心のどこかで期待している自分がいる。早く聞かせてくれ」

頑固一徹の鬼が俺に耳を傾けていた。

たとえ褒められた手段でなくとも——外道であろうとも利用し尽くしてやろうというその心意気。良いじゃねえの。

異物を吐き出すんじゃなく、飲み込もうってんだろ？

かつての紫蘭を見ているようだぜ。

「紫蘭打倒のために俺が用意したのは三つ。一つ【型】を手放してもらう」

「型を手放すだと!?　正気か!?」

椿が身を乗り出してくる。

【型】——すなわち流派を無くす。そう言ったわけだ。当然の反応と言っていい。

「無敵に思える紫蘭もただ降せば良いなら腐るほど手段がある。そうだな。たとえば意識外からの攻撃——暗殺術。有毒気体による呼吸困難とかな」

「それは……」

椿の表情が一瞬で曇る。特訓や決闘でこそ顔色がわかりにくくあるが、元来、こいつは感情豊かな女なんだろう。

どうやら特訓内容について話すときは素の思考、感情を俺にぶつけると決めているようだ。仮面を被るときと外すとき。それができるようになってきた。悪くない。

「みなまで言う必要はねえよ。お前の言いたいことはわかる。それだと本当の意味で姉を超えたと言えないんだろう？　そっち方面に振り切れば魔術剣士とかけ離れていくことになるからな」

刀を切り結ばず姉に勝利したところで意味はない、と。

いやはや。わざわざ修羅の道を選ぶとは。

文字通りの鬼だな。

「……ああ。そこは汲《く》み取《と》ってもらえると助かる」

「となると、決闘は不利な分野で競うことと同義。上位互換にされてしまう前提で挑むことになる」

「だからこそ必殺を――」

「――そう結論を急ぐな。お前を例にして説明を続ける。椿は中伝から上伝を駆使しながら秘伝【儚桜《さくら》】を叩き込むスタイルだ。緩急は抜刀術【雷神】ってところか」

「否定はしない」

「お前の言う一撃必殺。この場合で言えば【儚桜】だが、『序破急』から逃れるためには決闘開始後すぐに発動――という流れになる」

「！」

肩を上下する椿。

俺の言いたいことがなんとなく理解できた様子だ。

「【儚桜】には下位互換がある。当然だ。それらの剣技の果てが【儚桜】だからな。今から大事なことを言うぞ。剣士は核となる流派――その剣術の下、中、上、秘伝を習得し、その組み合わせで刀を切り結ぶ。最初から秘伝という切り札を切る剣士は異例と言っていい」

「……本来ならば中・上伝で相手を窺《うかが》うからな。しかし姉さんの場合、それだけでその先――上位互換に至るため、様子見するわけにはいかない」

「ああ。初手で必殺を放つことになるわけだが――問題はそれを紫蘭が想定していないと思うか？」

氷を習得した紫蘭には絶対防御を叩き込んである。

これが意味するところ。

『序破急』対策の対策だ。

最初から隙が少なく、色んな意味で堅かった紫蘭だが、魔改造済みのあいつの堅さは想像を絶する。

一言で言えば〝絶対防御〟。

初見殺しが簡単に通用する相手じゃない。断じてな。

とはいえ俺は紫蘭の講師でもあるわけだ。

子宮を塗りつぶすためとはいえ、突くべき弱点を教えるわけにはいかない。そこに至るのは椿自身でなければ。

俺のスタンスは姉妹平等だ。まあ、椿に肩入れしている自覚はあるがな。

「だが先手必勝を逃せば、消耗戦ではないか……？」

「ここで【型】を手放すことが活きてくる」

「……？　すまない。思考放棄をしているわけではないが、狙いがよくわからない。補足してくれ」

「【型】――流派を一つに絞るから、すぐに才能で抜き離されて手も足も出なくなる。だったら、使い捨てをすればいい」

「――待て待て！　まさか⁉」

「そのまさかだ。お前には無限一刀流を極めてもらう。これなら駆け引きに使う中・上伝を次々に繰り出すことができる」

普通は一つの流派を極める。

剣士ならばそれが常識だ。

だが、手放せるならどうか。たとえすぐに上位互換を編み出されたとしても、精神が参ることはない。

なにせ使い捨て。本命のそれではないからだ。すぐに上位互換の剣術を編み出されたところで痛くも痒《かゆ》くもない。少なくとも精神面においては。

「理屈はそうだが……一体流派がどれだけあると思っている⁉　全てを習得する前に寿命が尽きてしまうぞ！」

と椿。まあ、こうなるわな。

俗に言う常識は圧倒的な母数から導き出された結論だ。

そこから外れることは【愚】の骨頂となる。

だが、同時に【奇】の真骨頂を披露することもできる。何事にも例外があるってわけだ。大事なことは考え抜くこと。そこにある。

〈【色欲】『恥辱』のため、魔法の発動条件を確認〉

「その課題をこの俺が何も考えていないわけがねえだろ。結界魔法【仮装自在】魔導器【英雄】」

【仮装自在】を発動。

取り出すのは全身採寸ボディスーツ。名を【英雄】だ。

「うげっ……！」

と露骨な反応を見せる椿。口をへの字にして呆れ果てた表情である。そそるじゃねえの。

「少しは慣れたかと思ったが……褒めてやろうセツナ。最底辺に達した評価をさらに下げることができるとは……敵ながらあっぱれだ」

講師に対する敬意が一欠片《ひとかけら》もないな、おい。

「この俺が生意気な女相手に慣れたなんて思わせるわけがねえだろ。俺は俺のやり方でお前ら特待生を強化すると決めている。むろん役得になるようにな」

「そうだったな……で？　そのいかがわしい全身タイツをまさか私に着用させるつもりではないだろうな？」

ジト目。

女の視線の中でも特にお気に入りだ。

「そのまさかだ」

「貴様は一体どこまで私を虚仮《こけ》にすれば気が済むのだ！　あのような水着と口調までさせておい

て！」

「水着に関してはお前が自分で選んだんだろ。にしてもマジでビビったぜ。鬼のお前がこんな柄を選ぶなんてよ」

「……っ！」

「話を戻すぞ。この全身採寸ボティスーツ【英雄】には電気信号が流れるようになっている。癖や治らない姿態の矯正用魔導器だが……生憎、俺は数多の女剣士から命を狙われる立場でな」

「お前というやつは」

「着用した剣士の流派をごまんと記憶してきた――そして、電気信号や電流により知覚できる優れものだ」

「……！」

「結論を言うぞ。このスーツには二千通りの流派が記録されている。お前には四分の一、欲を言えば三分の一以上の流派――その剣術の下・中伝を脅威的な速度で身につけてもらう」

「【英雄】などと大それた魔導器を取り出してきたかと思いきや……」

全身採寸ボティスーツを摘《つま》むように受け取る椿。

そそる肉体を所有しているにもかかわらず、性的興奮を覚えさせるものが本当に苦手なのな。

「なんだ？　もしかしてネーミングだけで期待していたか？　英雄とはヒーロー。ＨＥＲＯと書く。ＨとＥＲＯだ。【色欲】を司る俺にピッタリだと思うんだがな」

「くだらん！　実にくだらない！　聞くだけで鳥肌が立つぞ。お前の首は必ず私が刎ねてやる。覚悟しておけ」

「受けて立つさ。それとボディスーツを着用するときには下着を穿くなよ」

「はっ、はぁ!?」

「もちろんスーツには股布《クロッチ》はねえぞ」

「死ね！」

黙っていれば品がある椿が露骨な言葉を口に出す。

ギンッと鬼の眼光を飛ばしてくる。けけけ俺の勝ちだな。

もちろん決闘はいつでも大歓迎だぜ。なにせ特待生に残している鬼畜度は想像を遥かに凌駕するからな。

お前らは性的興奮を覚えさせるためだけに翻弄されることだろう。

俺は続いて【影姦遮蔽】を発動する。

生着替えを鑑賞してもいいんだが、俺は沸点の限界、越えてはならない一線を突くのが趣味だ。

水着披露のときと同じく女特有の丸みを帯びた――凹凸のある曲線美を堪能させてもらおう。

「こっ、これを身に着けるのか……はぁ。私は一体何をしているのだ」

カーテンの向こうで全身採寸ボディスーツ――全身タイツを広げて視認したんだろう。

本日最大級の重たいため息だった。

☆

「いっ、いくらなんでもこれは……！」

【影姦遮蔽】を解除すると【英雄】を着用した椿が姿を現した。

胸の先端を片腕で、局部は鞘で隠している。

顔全体が紅潮。スーツで見えないが怒りと恥辱から全身が真っ赤になっていることだろう。

肉体に密着するスーツのため、曲線、ボディライン、凹凸が鮮明だ。くっきりである。目が眼福過ぎる。

肌色が一切見えていないのに全裸より逆に男を惑わせるという……これが着エロの真髄。水着コンテストといい、合宿は最高だな。

「……………えっろ。どちゃシコスーツで講師を誘惑とか、はしたない女だな」

「斬る！」

——チンッ、と。

刀を鞘に納めた音。

いよいよ堪忍袋の緒が切れた椿が抜刀術【雷神】を発動する。

感情整理術を会得しつつあるとはいえ、全身タイツを穿かされたあげく、挑発まで耳にすれば手も

出るか。

余談だが、二年前の特待生、すなわち紫蘭のときもそうだった。

いくら明鏡止水《めいきょうしすい》を体現したような存在とはいえ、キレるときはキレる。あの氷鬼でもだ。意外だろうがな。

まして修行のときにはなおさら。毎度のことときた。

だが、決闘になった途端、人が変わったように動じなくなるのだから、間違いなくあいつは天才剣士の一人だ。

「ぷぷっ。馬鹿の一つ覚えかよ」

「～～～っ！　これほどまで己の未熟さで死にたくなったのは初めてだ！」

「そりゃあ良かった。これからお前のありとあらゆる初めてを奪ってやるよ。それが嫌ならさっさと強くなって俺を殺すことだな――魔導器【双筆蜂《そうひつほう》】!!」

続いて具現化するのは槍《やり》。双頭刃式。

ただし、本来両端にあるはずの刃はない。備わっているのは筆の毛先だ。

俺はそれを上下左右、慣れた手つきで回転させながら身体に馴染《なじ》ませていく。

よし。良い感じだ。

「一度しか言わないからよく聞け。『羞恥乱舞Ⅱ』の全貌を明かす。これからお前には全身採寸ボディスーツに記録された流派を一つずつ選んでもらう。不自然な動作、無理な体勢、悪癖、そういったものを感知すると電流が流れるようになっている。痛みが走るから覚悟しておけ」

「痛みに耐えることには慣れている。説明を続けてくれ」

「流派習得のために必要な相手は俺が引き受けてやる。だが、刀が苦手でな。専門は槍なんだよ。お前は身体で覚える流派をただぶつければいい。もちろん加減は要らない。本気で殺しに来い。ぜんぶ捌き切ってやるよ」

「ほう。言ってくれるではないか」

「目標とする流派を習得した頃には、本来の『羞恥乱舞』——感情抑制もより磨きがかかっていることだろう。そうなれば属性魔術だけでなく、セラと同じように【色欲】の禁書に触れさせることも視野に入ってくる。魔法の解禁だ」

「課題は山積みだな」

「ああ。無限一刀流なんて言っているが、使い捨てにする流派、覚えられる数には当然限りがある。だからこそ手放すこと前提のそれに付加価値を乗せる【色欲】の魔法は必須。やらねえといけねえことは多いぞ」

「わかっている。さっさとやるぞ」

ヤる気満々じゃねえの。

☆

槍は良い。槍は。

特筆すべきは領域の広さ。

届く範囲《リーチ》が圧倒的に長い。

さらに遠心力を味方にすることができる。それが乗った一撃は当然重くのしかかるわけだ。

相手が刀ならば捌くだけでも一苦労だろう。

俺特性の魔導器【双筆蜂】は両端こそ筆だが、槍には『突く』『投擲《とうてき》』という用途まである。

慣れていないどころか、一から習得する流派相手に後れなど取ろうはずがない。

「痛っ……！」

流派に合わない無茶な筋肉の使い方をした椿の全身に電流が疾《はし》る。矯正には電気の痛みが最も効率的だ。

流派に沿わない動きをすれば痛みを覚えると条件反射により気をつける。

宣言通り、椿の新たな流派を捌く俺は【双筆蜂】の真価を発揮させることにした。

『突く』『投擲』に加えてもう一つの強み。

隙だらけの椿――全身採寸ボディスーツにより主張が激しい胸の先端を槍の回転そのままに筆先で撫でる。

そう。『弄る《まさぐ》』だ。

「ここだ！」

「やぁっ！」

筆が触れた次の瞬間。鬼とは思えない桃色の喘《あえ》ぎを漏らしてしまう椿。

なんだお前、そんな色っぽい声を出せるのか。ベッドの上で鳴かせるのが楽しみになってきたじゃねえか。

「きっ、貴様……！」

目を潤ませながら、キッと睨み返してくる。

さてと。それじゃ鬼畜発言と行きますかね。

「ちなみにこの筆槍。同じ部位を撫でられると感度が高くなっていく。そのうちお前は立っていられなくなるぞ」

椿の表情に絶望が色濃く反映されたのを俺は見逃さない。

まだまだガキだなこいつも。

対照的に俺は超高齢者だからな。

もっと敬《うやま》ってくれてもいいんだぜ？

新たな修行の結論を言う。椿の負けん気も虚しく、『羞恥乱舞Ⅱ』は一時間もしないうちに終わりを迎えた。

首筋、背中、太もも、足首、脇、両手両脚、お腹《なか》――と。

ほとんど全身を筆で弄られ続けた椿の感度は限界レベルに達し、いよいよ立っていられなくなったからだ。

あの椿が女の子座りで目に涙を溜めている状況。

俺の指先がどこかに触れただけで絶頂してしまうことだろう。

それでも戦意が消失していない椿は、

「まだだ！」

と、驚異的な精神力を発揮。生まれたての子鹿のように震えながらも流派習得のため最後の一振りを向けてくる。

相変わらずストイック。少しは肩のチカラを抜けばいいものを。

【奇跡不逃】を発動するまでもなく、剣筋を見切った俺は砂浜に突っ込んでいたつま先を蹴り上げる。

砂が椿の視界を奪っている間に背後に回り込む。

往生際《おうじょうぎわ》の悪い教え子にトドメの一撃を浴びせる所存。

「失礼」

シルクのような肌触り。全身採寸ボディスーツの背中をなぞるようにしてやると、

「ふわああああああああああああー♡」

ビク、ビクッ、ビクッ！　と全身が痙攣。

感度が限界まで高まっていたせいで、指先で触れただけでこうだ。

【双筆蜂】による感度上昇はこれでリセットしたものの、すっかり腰にチカラが入らなくなっている。

「おーい。大丈夫かー」

骨抜きにされてしまっている椿の頬を指先で突《つつ》く。

「らっ、らいひょうぶら」

大丈夫だ、と言っているのだろうが、見事に呂律《ろれつ》が回っていない。

いかんいかん。感度を高め過ぎちまったな。

修行の継続はおろか、立つことさえままならない椿を運ぶため、海水浴で戯れるロゼとルナを呼びつける。

「椿⁉　えっ、うそ伸び切っちゃってるじゃない！　どんな修行してたのよ⁉」

「大丈夫でして椿さん⁉」

「悪い。やり過ぎちまった。宿で休ませてやってくれ」

よし。ひとまずこれで切り上げてやろう。

だが、油断するなよメスガキども。

休憩を挟んだら鬼畜合宿の再開だ！

☆

【ロゼ】

「はぁー、ようやく終わったぁ」

勢いよく座布団に腰を落とす。

露天風呂を済ませ、浴衣《ゆかた》に着替えたわたしたちの前には豪勢な夕食が並べられている。

今日ばかりはわたしの脳内に『節制』という言葉はないから。

飲んで食べなきゃやってられないっての！

「お疲れ様ですわ」

労《ねぎら》うように水を注いでくれるルナ。ほんのりと石鹸《せっけん》の香り。

ちらりと視線を向けると水も滴るいい女《エルフ》。

ややはだけた浴衣から覗《のぞ》く肌はほんのりと朱色に染まり、女のわたしでもドキッとする。

「本当に労わないといけないのはあんたの方でしょ。ほら、器《うつわ》を貸しなさいよ。注いであげるから」

「恐縮ですわ」

椿の体力が回復するや否やわたしたちに待っていたのは『鬼畜』。

合宿先であるアヴァロン島はリゾート地として有名で、名の知れた魔術師や剣士が晩年を過ごし、やがて島外れに骨を埋めることが多いのだとか。

そんな島で夜な夜な墓荒らしが頻発しているとのこと。

セツナから再招集をかけられたかと思いきや言い渡されたのは不届者《ふとどきもの》の捕縛《ほばく》。

早い話が雑用ってわけ。

幸いこっちには夜目《よめ》がきく鬼と吸血鬼――椿とセラがいるから発見に困ることはなかったんだけど
……ここで予想外の指示があったわけで。

「捕縛方法は全てルナの土魔術に限定する。椿、セラ、ロゼは誘導のみだ。いいな？」

土魔術に適性がある魔術師は拘束を得意とする一方で、相手が動く対象となれば操作には緻密性と策略が求められるようになる。

たとえばセツナとの決闘時にルナが発動した【土牢《つちろう》】はセラの【黒血術】とわたしの『ゴーゴンの瞳』による石化後、すなわち重複《ちょうふく》するような形となった。

逃げ足が速く、ちょこまかと動くセツナの着地地点をルナが算出し、そこに土魔術を嵌《は》めるのは高技術と言ってもいい。

セツナの指示にはわたしたち特待生の連携を高める狙いもあったということ。

悔しいけど、こういうときは本当によく考えられているんだよね。修行時はバカげているくせに。

そもそもアヴァロン島は人気リゾート地なわけで。あの鬼畜講師《セツナ》がわたしたちのために一肌脱ぐなんて考えられない。

墓荒らしを取り締まる管轄となれば秩序と治安を司る【円卓の騎士団】だったはず。

けどこの組織は万年、人手不足。おそらく王立魔術学院に依頼が下りてきたんじゃない？

不届者の捕縛を請け負う代わりにリゾート地の遠征にかかる費用は学院が負担する、と。

「特待生の上前《うわまえ》を撥《は》ねるなんて講師の風上にも置けないわ」

とセラ。

「そういうお前は不届者を楽しそうに誘導していたではないか」

「椿もでしょう？　あれぞ本物の鬼ごっこじゃないかしら」

「ははっ。たしかに」

まんざらでもなさげに会話する二人を横目に、わたしは最近気づいたことがある。

鬼の椿は頑固。吸血鬼のセラは傲慢。相性は悪い一方で、仲は決して悪くない。それどころか良いと言っても過言じゃない。

思い出してみれば二人は近い種族でありながら対照的な運命を背負っている。

姉を支えるためにチカラを求める椿と、姉を殺すためにチカラを求めるセラ。

きっと二人の思考や価値観は正反対のはず。なのに互いを理解し、尊重しているというか……。

鬼畜講師という共通の話題、いかがわしい修行に、不届者の捕縛――特待生たちの酷使と。愚痴や不満には事欠かないわけで。

「土魔術の捕縛は大したものだけれど、さすがにあの水着はなかったんじゃないかしら。Vカットハイレグなんてよく買えたわねルナ」

「それ以上言わないでくださいまし！　わたくしもやり過ぎたと思って猛省しているところですわ！」

「笑ってやるなセラ。それだって元を辿ればあの男が悪いのだ。ルナを笑うのは……ぷっ、違うだろう」

「そういう椿だって笑いを堪えられていないじゃない。それにロゼから聞いたわよ。集中特訓では全身タイツを強制着衣させられたって」

「なっ――！　どうしてそれを……!?　さてはルナ、ロゼ！　セラに話したな!?」

「「ひゅっ……ひゅー」」

わたしとルナは顔を見合わせ、惚《とぼ》けるように口笛を吹く。「誤魔化しが下手か！」と椿のツッコミを耳にしながら、わたしの口から「あはは☆」と屈託のない笑みが漏れる。

あー、もう楽しいわね。これが噂に聞く女子会ってやつ？

美味しい料理や飲みものと相まって、気がつけばわたしたちは宴《うたげ》のように盛り上がっていた。

今まで他人への関心が薄く、興味がなかったわたしにとってこの変化は信じられないんだけど。

セツナの破天荒に付き合わされることにうんざりしながらも。

ちょっとだけ。ほんのちょっとだけ明日が楽しみになっていた。

けど、わたしたちに待っていたのはセツナによる合宿の続きなんかじゃなく。

全く想像していなかった死闘だった。

【セラ】

私は頭を冷やすため、宿を抜け出し、海辺に来ていた。

夜の海。月光に照らされて映し出されたのは笑みを浮かべた顔だった。

愉しいなんて、何年ぶりの感情かしら。

あの女——リア・スペンサーに家族を抹殺されてから私の生活は激変した。

復讐。

それだけが私の生きる意味、生きる目的になっていた。ただひたすらチカラを求める日々。

高等魔術の習得を急いだわ。

おかげで基礎を蔑ろにしていたわけだけれど。

「いい風ね」

潮風が髪を撫でる。私はそれを耳にかけながら水平線を見つめる。

瞼を閉じると、昨日のことのようにあの地獄が蘇ってくる。

残虐。

万物を燃やし尽くす黒炎に包まれた私の家族——一族は驚異的な再生力も虚しく、否、再生力があるが故に生命力が尽きるまで皮膚と肉を溶かされ、骨を剥き出しにしながら、絶叫。

悲鳴。悲鳴、悲鳴、悲鳴、悲鳴……!

助けを求める悲鳴。

私はそれをただ目を泣き腫らしながら見るしかなかった。無力。己の無力を痛感した。

——助けなければ。

姉による虐殺をやめさせなければいけない。頭ではわかっていた。理性がそう働きかけてもいた。

けれど本能がそれを拒否した。生き延びたい、と。

死にたくない。怖い。助けてほしい。

気がつけば私は絶叫しながら逃げ惑っていた。震えて硬直した足に刃物を突き刺し、恐怖と緊張を痛覚で誤魔化した。

ただ黒炎から逃れるために。家族を置いて。手を伸ばして助けを乞う吸血鬼から逃げるように。

鮮明よ。鮮明に覚えているわ。忘れたことなんて一瞬たりともない。私を可愛がってくれた——愛してくれた家族から飛び火しないようただひたすら逃げ惑うしかなかったあの日のことを。

走り疲れて、もう動けないときだった。

「ふふっ。どうかしらセラ？【終末世界】を再現してみたの。消えることのない炎に包まれ、生命力が枯れるまで痛みに蝕《むしば》まれる。不老不死であるはずの吸血鬼が無様に命乞いを——助けてくれと迫ってくる恐怖。なかなか楽しかったんじゃないかしら？」

背後に迫っていたのは殺人鬼と化したあの女、リア・スペンサーだった。

返り血一つ付いていない、漆黒のドレスが脳裏に焼き付いている。

己の手は汚さず異次元のチカラで蹂躙し尽くしたあいつは笑っていた。楽しそうな笑みを浮かべていたわ。

どうして……？　どうしてこんなヒドイコトヲスルノ……？

「理由？　そんなものないわよ。いい加減、何にでも理由を求めるのはやめた方がいいわよ。魔術師の内面なんて一言で表せるものじゃないでしょう？　でも強いて言うなら――気分かしら？」

　気分？　気分って言ったかしら？　つまり気まぐれ。気まぐれ一つで幸せだった生活が一夜にして消え去ったの……？

「貴女に割いてあげられる時間はあまりないの。招集がかかっていてね。これから使えそうな死体を回収してそっちに向かわないといけないのよ。だからこれは気分で聞くのだけれど……生きたいかしら？」

　気まぐれ。気まぐれの問い。

　返答次第で私の生死が決まる。死にたくない。ただ生への渇望が胸中を支配していた。

　だからこそ、

「お願いします！　見逃してください！　見逃してください！　死にたくない、死にたくない！」

　家族を虐殺した相手に頭を垂れ、ただ一心に命乞いをしていた。

　私にとって一生の恥となる汚点。どうして噛みついてやらなかったのか。どうして歯向かうことができなかったのか、と。

　けれど当時の私は阿鼻《あび》叫喚《きょうかん》の光景を見て完全に精神《こころ》が折れていた。

「そう。なら生かしてあげるわ。良かったわねセラ。私はいま本当に気分が良いのよ。だから出血大サービス。見逃してあげるわ。ついでに投資もしておこうかしら。期待はしていないけれど――【咆《ほう》哮《こう》】。貴女が開術の可能性がある【固有神域】よ。覚えておきなさい」

目と鼻と口。涙と鼻水と涎《よだれ》でみっともなく地面を濡《ぬ》らし続ける私にそう告げて、リア・スペンサーは気配を消した。

閉じていた瞼を開ける。

特待生たちに出会ってから――セツナという共通の敵ができてからというもの――私は学院生活が愉しいと感じ始めていた。

けれど、この感情はあの女への復讐――チカラを求める衝動にブレーキをかけてしまう。

それぐらい私にとって大きな存在になりつつあることを再認識する。

「あまり気を許し過ぎるのも問題かしら」

夜風に当たり、頭が冷え始めたことを自覚した次の瞬間だった。


――全身の肌を刺すような冷たい空気。


それが降りかかってきたかと錯覚してしまう。嗅覚が感じ取る、焦げた臭い。それから死と血の匂い。

それはここから離れた――歴代アーサー王が眠る――遺骨が埋葬されている墓の方角。

そして私は信じられない光景を目撃してしまう。

くした元凶。

遠く離れた先の森。燃え盛るように立《た》ち上《のぼ》ったのは黒い炎。狂気を帯びた――家族の命を燃やし尽

「……黒……炎……!?」

呼吸が乱れる。鼓動が高まる。ドクドクと脈を打つ音がうるさい。

姿見で確認したわけでもないのに、瞳孔《どうこう》が開いていることがわかる。

汗。気がつけば私の全身から大量の汗が噴き出していた。

「はぁ……はぁ……!」

――いる。この島に。アヴァロン島にあの女が。一族を皆殺しにした女、復讐を誓ったリアがいる。

駆け出す寸前。椿、ルナ、ロゼ、そしてセツナがいる宿が視界の端に入る。

逡巡。

私から全てを奪った炎など見なかったことにすればいい。

そうすればまだしばらくは学院生活を送ることができる。学生ごっこが続けられる。

本能がそう告げてくるにもかかわらず。

私の瞳は二度と宿を見ることなく。

真紅色のそれは尾を引きながら暗闇の中に消えていくことになった。

☆

「あら。つまらない小物が迫って来ていると思ったら……貴女だったの――セラ」

黒炎が立ち上る先に駆けつける。

そこには漆黒のドレスに身を包み狂気的な笑みを浮かべる女。

あの日から一日たりとも忘れたことのない、文字通りの親の仇。

実姉であり、気まぐれで私を生かした傲慢の吸血鬼、リア・スペンサー。

リアは対面する何者かに黒炎を放っていた。

「何をしているのよ……？」

本当は今すぐにでも襲いかかりたかった。けれど、対峙《たいじ》するだけで圧倒的な実力差がわかる。わかってしまう。

あの屈辱的な日と同じように私は恐怖で足がすくんでしまっていた。

「ああ、これ？　ふふっ。よく聞いてくれたわね。実は死霊術師の命題――死者蘇生を完成させたのよ」

「なっ……!?」

死者蘇生。

死霊術師、錬金術師の命題。

第七階梯の魔術師ですら挫折する最難関。それを目の前の女が完成させた？

リア・スペンサーは天才。それは家族として過ごしてきたときから痛感させられてきたこと。今さらだ。今さらの事実。

なのにこうして再会を果たしただけで才覚の差を感じさせられてしまう。

情けないことに恐怖心が増していく。

私は唇を噛み締め、痛みでそれを誤魔化す。次に会ったときは殺すと決めたじゃない……！

「課題は山積みね。現世に召還することはできても、黄泉《よみ》に還《かえ》すことはできないのよ。おかげで『黒炎』で片付けないといけないの。貴女がここに駆けつけたように『色違い』って目立つでしょう？

戦場以外では発動しないようにしていたのに誤算だわ」

燃え盛る対象は、黒炎に包まれているせいで具体的な姿を捉えることができない。

けれどこの口ぶりから察するに蘇らされた魔術師や剣士のはず。

勝手に呼び出しておいて、戻せないからもう一度殺し尽くす。

リアのやっていることは死者への冒涜《ぼうとく》。

赦されるはずがない。

「セラ。貴女が望むならスペンサー家を全員ここに呼び戻してもいいわよ？」

「は？」

私の額に青筋が立つ。

「感動の再会をさせてあげると言っているのよ。もちろん一方通行だから、最後はあの日と同じように燃やさないといけないけれど。どうする？」

死者蘇生という禁忌に成功したことで機嫌が良いんでしょう。

楽しげに言ってみせるリア。

対照的に私の腸は煮えくり返っていた。

家族を、一族を抹殺されたあの日。再生力が枯渇するまで燃やし尽くされる拷問は想像を絶する地獄絵図だったのに。

それを目の前の女はなんの躊躇《ためら》いもなく再現してみせると提案してきた。

もはや私に恐怖など微塵もない。

あるのはこの女を酷い手段で殺したいという殺意のみ。

「貴様を殺す……！」

気がつけば私は爆《は》ぜるようにリア・スペンサーに襲いかかっていた。

「あら。良案だと思ったのだけれど。まあいいわ。現在の私は機嫌が良いから相手をしてあげる」

☆

待っていたのは残酷な現実だった。

「なによこれ……どうして、どうしてこんなにも差が開いているのよ!?」

気がつけば私はリアを、憎い女を見上げることしかできなくなっていた。

吸血鬼の『静動』、結界魔術【終末世界】の緻密操作、【黒血術】の温存――。

セツナと出会って叩き込まれたことを実践するも、話にならない。

次元が違う。

私の持てるチカラ全てを出し切ってなお、かすり傷一つつけられない現実。

絶望。

絶望に打ちのめされる。

あの日から私は全然強くなっていないじゃない！

「……はぁ。セラ。貴女にはがっかり。失望を禁じ得ないわ。本当に妹なのかしら？」

まるで地面にぶち撒《ま》けられた吐瀉物《としゃぶつ》でも見るかのような眼差し。

不快。

その感情を色濃く表情に落としたリアが私を蹴り飛ばす。

「――がはっ！」

五十キロもの肉と骨の塊が容易く弾け飛ぶ。

吹き飛ばされながら墓石を破壊していく衝撃が背後を支配していた。

やがて壁に衝突。凄まじい運動量だったことを証明するように、私の身体はめり込んでいく。

「げほっ、げほっ、げほっ……！」

……痛っ！

壁から落下するように膝をつく。

喀血《かっけつ》。

口の中に血の味が広がる。

咳《せき》をした掌に視線を落とせば、大量の血が付着していた。

再生力が尽き始めている……！

立ち上がらないと――。

そう思った次の瞬間。

一瞬で距離を詰めてきたリアが、私の髪を掴んで顔を上げさせる。

「この数年間貴女は一体何をしてきたの？」

――この数年間。

目の前の女にとって肉親を殺《あや》めた日のことなんてどうでもいいのかしら。

ふざけるな。

ふざけるな、ふざけるな、ふざけるな！

「――よ！」

「はい？」

「四年と十日だって言っているの!!」

「……ああ。あれから――スペンサー家を一掃してからのことを言っているのね。墓石に頭をぶつけ過ぎて頭がおかしくなったのかと思ったわ」

「黙れ！」

「不老不死に近い吸血鬼が些細《ささい》な過去を覚えていられないわよ。貴女も拍子抜けするほど弱いままだし……もしかしてよほど暇だったのかしら？」

殺す――！

手が出るより早く顔面を地面に叩きつけられる私。

憎しみと怒りと屈辱。

負の感情が爆発しそうになる。

どうして？

どうして私はこんなにも弱いのよ!!

目の前の女が言っていたように、私はこれまでなにをやっていたのかしら……!?

「――はぁ。本当に興醒《きょうざ》めだわ。これじゃ何のために生かしておいたのかわからないじゃない。【咆哮】は無理ね。計画を修正しようかしら」

顔面を墓場に押し付けられたまま引きずられる。

再生と破壊が同時に発生していく。

手も足も出ない。

どうして。

どうして……！

どうして敵わないの!?

強くなった、と。

強くなっている、と思っていた。

でもそれは勘違い。自惚れもいいところだった。

憎む相手を前にして、かすり傷一つつけることができない現実。

肉親の無念を——全く晴らすことができなかった！

リアを、姉を殺したいという気持ちだけは誰にも負けない。なのにこの差はなに!?

どうして想いの強さで——憎しみだけでチカラを得ることができないのよ！

「魔術学院の学生なんてやっているから強くなれないのよ。貴女にとって肉親の殺害なんてこんなものだったのかしら。冷徹な吸血鬼ね？」

「違う！」

「それじゃどうしてこんなに弱いの？」

また壁まで蹴り飛ばされる。

意識が朦朧《もうろう》とし、視界がぼやける。

血が……血が圧倒的に不足していた。

再生力が底を突きかける。

負の感情を抑え切ることができなくなりそうだった。

吸血鬼が忌避する方向に己が向かっていることを自覚する。

こんなところで自我を失っている場合じゃない！　そう本能が訴えているのに……。


——屍食鬼《ししょくき》。吸血鬼の成れの果て。


ただひたすら血を追い求めて衝動に駆られ続ける獣。

私はそれに成り下がろうとしていた。

まさしくそれは完全敗北。

「貴女に賭けた私が馬鹿だったわね。両親と同じように燃やし尽くしてあげる。ふふっ、良かったわねセラ。良い土産話ができたじゃない。これから味わうのは地獄の苦しみよ？　あの世《むこう》で盛り上がること間違いなしだわ」

笑って。

笑みを浮かべて。

殺したくなるほどの笑顔でリア・スペンサーはそう言った。

再生力が高い吸血鬼にとって黒炎は想像を絶する痛みだったはず。死痛と言い換えてもいい。

それは両親を、家族を、一族を抹殺した手段だった。

まさしく拷問。再生力が尽きるまで焼き尽くされ殺される。

家族の痛みが、苦しみが、絶叫が脳内でこだまする。

ブチンッと私の中で意識が消えた。

☆

【第三者視点】

「グアアアアアアアアアアアアアアア！」

憎しみに溺れて理性を失うセラ。

「あら。もう屍食鬼に堕《お》ちちゃった。話にならないわ。後処理してさっさと退散ね」

セラの外見が変貌していく。

両目が充血し、爪と歯が伸び、だらしなく涎がこぼれ落ちている。

艶《つや》のあった髪は薄汚いものになり、「ウガアアアァァァァ」と雄叫《おたけ》びを上げながら血肉を追い求める姿はまさしく屍食鬼《グール》。

リア・スペンサーがセラの首を刎ねて終焉《しゅうえん》になるそのときだった。

〈【色欲】『調教』のため、魔法の発動条件を確認〉

「隔離魔法【白《ハク》】！」

Chapter 3

第三章

変態、大博打を打つ

【セツナ】

〝喪われし魔術《ロストマジック》〟。

リゾート地——アヴァロン島に不釣り合いな黒い炎。まごうことなき『色違い』。

本来、属性魔術には相性が存在するが、『黒炎』は決して消えることがない。

なにより『黒炎』を好んで発動する魔法使いに身に覚えがあり過ぎる。

加えて宿にはセラがいないときた。胸騒ぎどころの話じゃねえ。

面倒ごとは御免だぜ、と思いながらも黒炎が立ち上る先に駆けつけたら案の定。

九死に一生を得るタイミングときた。

あっぶねえ……！

【色欲】の魔法を発動し、創造世界にセラを隔離。閉じ込める。

現場に着地し、可愛い教え子を殺そうとした人物を正面に捉える。

視線が合うまで悪い予感が外れることを願ってやまなかった俺だが……。

まあ、こういうのって最悪な展開になると相場が決まっているわな。

「はぁ……」と俺の口からため息がこぼれる。

やれやれ。よりにもよってこいつかよ。

こりゃ——生きて帰れないかもしれねえな。

「——よう、リア。久しぶり」

「ええ。セツナ。久しいな」

対峙。

俺たちの視線が交錯する。

さーて、やべえぞ。手札を間違えれば即死亡の鬼畜ゲーの始まりだ。

「どうやら俺の教え子が世話になったみたいだな」

と同時。

遅れてロゼ、ルナ、椿が到着。俺の背後にやってくる。

「教え子……？」

首を傾《かし》げるリア。美人がやると映える仕草だな、おい。

とはいえ、現在の俺は見惚《みと》れるだけの余裕はないわけで。

【強欲】の禁書に選ばれた最強——最凶の魔法使い。まだまだ未熟なセラとぶつけるには早すぎる相手だ。

まさかこんなところで最悪の再会を果たすとは。あー、嫌だ嫌だ。これもオリュンポス十二神の采《さい》配《はい》か？

「王立魔術学院の講師をやっていてな。お前が殺そうとしたセラを受け持ってんだよ」

「そう。なら職務を全うしてほしいものね。いくら出来の悪い妹といえど、弱過ぎるわ」

「それを言われると耳が痛い」

　こっちはお前を殺すためにセラを絶賛修行中なんだよ。こんなところで鉢合わせしやがって。少しはタイミングってもんを考えろってんだ。

「――それで？　出涸《でが》らしの貴方が姿を現した真意は何かしら？　できればすぐにこの黒い球体からセラを取り出してほしいのだけれど」

「それは無理な相談だ」

　出涸らし。魔術を発動できない俺なんて眼中にないってか？

「セラは腐ってもスペンサー家の生き残り。死体の使い道はいくらでもあるわ。悪魔の生贄《いけにえ》、人体実験、錬金術。回収はさせてもらうつもりよ」

「断固拒否。こっちは野望と引き換えに子宮が懸かってんだ。悪魔の生贄にする前に俺の肉奴隷なのよ」

「……ふふっ。まだ枯れてなかったの？」

「俺は生涯現役のつもりだ」

「貴方の下半身事情なんてどうでもいいけれど、セラはダメよ。あれは使いものにならないわ。どうせ野望だって『復讐を果たす』とかでしょう？　そんなくだらないものじゃ私と並ぶのは無理よ。もっと強欲にならないと」

ピクンと俺の肩が跳ねる。

〈【強欲】『知的好奇心』のため、魔法の発動条件を確認〉

魔法の発動を感知。

セラを閉じ込めた隔離世界――そのガワ――黒い球体に触れるリア。

嫌な予感がする。

「へえ、さすが。腐っても鯛《たい》ねセツナ。【制約《ギアス》】を応用して面白い世界を構築しているじゃない。『性交しないと出られない部屋』を創り出すなんて……ふふっ、バカじゃないの？」

こいつ……！

【白】のガワに触れただけで創造世界を一瞬で読み取りやがった⁉

まずい、まずい、まずい――！

隔離魔法【白】には別称がある。

『セックスしないと出られない部屋』だ。【制約《ギアス》】の呪《カース》いを利用し、目的が果たされるまでいかなる手段でも拒否《キャンセル》できない隔離。

セラは再生力が尽き、感情に飲まれてしまった結果、屍食鬼に堕ちている。

吸血鬼のなり損ない。もしくは成れの果て。

だが堕ちてから短時間ならまだ戻ってこられる。

そのためには誰にも邪魔されることなく全神経を研ぎ澄ませて作業に入る必要がある。

だからこそ俺が持つ【色欲】の魔法でも最大級の切り札【白】を発動した。

『セックスしないと出られない』部屋は目的を果たすまで存在し続ける構築世界だからだ。

理性を失い、一刻を争うセラの緊急処置を安全に行う空間としてこれ以上の適所はない。

だが。

目の前の女は──隔離魔法【白】の全貌を解き明かしたいという『知的好奇心』を満たすために
──強欲により解析し、あろうことか解除の道筋まで立てやがった⁉

こっちは【白】の発動で魔力に余裕もなくなっているってのに！　やべえ！

講師として不甲斐ないが、不出来の教え子を利用するしかない。

「ロゼ、椿、ルナ‼　リアをあの球体に触れさせるな！　全力を以て阻止しろ！」

俺の指示に三人は『！』と反応を見せたあと、三人一組の陣形を組む。

この臨機応変の速さ。おそらく俺を殺すためロゼが予《あらかじ》め仕込んでいたものだろう。

決闘時は特待生全員で挑むとはいえ、鬼畜度により一人以上離脱する可能性は大いにある。

四人態勢しか考えていないようじゃ、そこから崩れるのは一瞬だ。それを天才ギャル魔女が理解していないわけがない。

こういうとき、有能な魔術師ってのは本当に頼りになる。

「あら？　あらあら。圧倒的な実力差を感じ取れない愚か者ではないだろうし……あんな出来損ないにも命を懸けてくれるお友達がいるのね。小粒ではあるけれど優秀な教え子さんばかりじゃない」

特待生を小粒扱い。

まあ、目の前の女からすればその程度の評価だろうよ。

だがこいつらはいずれ芽が出る。しなやかで丈夫。決して折れることのない柳《やなぎ》のような魔術師に。

三人の連携を楽しそうに躱すリア。まるで赤児を扱うかのような余裕の笑み。

俺と特待生が繰り広げたような生易しいもんじゃねえ。

遊ばれているのが誰の目から見ても明らか。リアの気が変われば一瞬で全滅だ。

かといって。

ここで【仮装自在】を発動して応戦するためには覚悟をしなければならない。

生きることを？

いやいや、俺の命なんざ最初から入れてねえよ。

決断しなければならないのは他でもない。セラの命だ。

残念ながら不全の俺は大した戦力にならない。【白】を発動した以上、切れる手札には限りがある。

【仮装自在】で応戦すれば戦況はマシになるだろうが、それもリア相手にはどこまで有効になるか。

そもそもまともにやりあって勝てる相手じゃない。

はっきり言えば遭遇した時点で詰んでいると言ってもいい。

かろうじて魔力が残っている現在なら。

セラのいる【白】に駆けつければ、一命を取り留めることはできるかもしれない。

少なくとも応急処置をすることはできる。

むろん、その後の保証は一切できないがな。復活したところで待っているのは全滅だろう。

逡巡。悩んでいる暇はない。俺はいま特待生三人の命を危機に晒している。

奴隷紋を以て命令しなかったのはあいつらの自主性――セラ救出に命を懸けるのかどうかも含めて自由にさせたかったからだ。

落ち着け。焦るな。緊急事態でこそ冷静さが求められる。手段を間違えるな。見誤るな。深呼吸だ。

最高を求めるな。最善を探せ。

俺がここで朽ちるのは構わない。

だが、せめてセラたちを――。

特待生たちには即断を求めるくせに、当の講師は悩みっぱなしかよ。

ははは。笑えねえな。

自虐の笑みが滲み出てきた次の瞬間だった。

俺は本格的にヤバい雰囲気を肌で感じ取った。

「三人の一長一短を把握した悪くない連携《コンビネーション》。この歳《とし》でできるのは将来が楽しみね。でも現在は【白】――あれが気になって仕方がないのよ。鬱陶《うっとう》しいわ。貴女たちには実験台になってもらおうかしら」

リアは闇魔術の影を巧みに操作して三人の特待生から距離を取る。

「禁等闇魔術――【英雄召喚】」

印を結び発動した魔術が死を感じさせるものだったからだろう。

ロゼ、椿、ルナ三人の足と思考が停止する。

リアから禍々しい瘴気《しょうき》のようなものが漂う。足元からドス黒い棺が生えてくる。

やばい、やばい、やばい――‼！

絶対にアレはやべえやつだ！　見りゃわかる！　即座に対応が求められる魔術だろ！

本能が警笛を鳴らす。俺はすかさず命令を下す。

「セツナが奴隷紋を以て命ずる。最上級の魔術・剣術にて棺を破壊しろ‼‼‼」

奴隷紋の強制力を利用し、停止状態になっている特待生を無理やり動かせる。

「【天叢雲剣】‼！」

「【雷神】‼！」

「【轟《とどろき》】‼！」

轟音。凄まじい爆風と爆炎が立ち込める。

遠隔からの一斉射撃によりリアの立っていた場所がホワイトアウトする。

こういうとき「やったか……⁉」という胸中は御法度だと知っているが、思わずにはいられない。

嫌な汗が全身から溢《あふ》れ出してくる。

「もう。棺が一つになっちゃったじゃない」

爆炎と爆風。立ち込めていた煙から、人影と細長い箱のようなシルエットが浮かび上がってくる。

まあ、そうだわな。特待生の猛攻程度でくたばるタマじゃない。

やがて、鮮明に姿を捉えられるようになると、そこに現れたのは狂気的な笑みを浮かべたリアと、ギイと音を立てながら開く棺。

そこから現れたのは八代目を襲名したアーサー王の一人。

「おいおいおい！　死者蘇生……それも過去の英雄だぁ!?　お前、もうそんな領域にまで足を踏み入れてんのかよ!!!!」

つう、と額に大粒の汗が流れる。

はっきり言ってマジでやべえ――！

死ぬ。判断を誤った瞬間、全滅だ。誰一人助からない。

これはもう鬼畜ゲーなんてもんじゃない。無理ゲーだ。攻略法がない。

「老体を無理やり何度も起こすもんじゃないわ。たわけ……おっ、これはこれは。久しぶりじゃなセツナ。かかっ。なかなか難儀じゃの」

長い白髭《しらひげ》を摩りながら笑みを見せる老人――この老いぼれこそ歴代アーサー王の中で最も異質な一人として名を残した【剣士殺しの剣士】。

突然のアーサー王登場により、場違いな反応を示したのは椿だ。

「八代目……まさか本物なのか!?」

椿は俺の蘇生をすぐ近くで目撃したことがある。だからこそリアの死者蘇生という禁忌に悪い意味で危機感がなかった。

今回はそれが裏目に出ることになる。

「ほう。お嬢ちゃん。儂《わし》を知っておるのか。アーサー王を襲名した甲斐があったというものじゃ。どれ、鈍《なま》った身体の体操に付き合ってくれんかの」

と、棺から魔宝具である【空断】——白鞘《しらさや》を取り出してくる。

クソ爺《じじい》!!!!! てめえ!

「お目にかかれて光栄です八代目。死者蘇生という禁忌とはいえ、剣士たるもの感動を覚えないわけがない。ぜひ、胸を借りたい」

「かっか。血の気が多いのう。さては鬼か。よいよい。どれ、お手並み拝見じゃ」

「参ります——!」

思考の途中で、嬉々《きき》として椿が八代目アーサー王に斬りかかろうと迫る。

馬鹿野郎!!!!!!!!!!

軽率、そして何より不勉強過ぎる!!!!

俺は一旦思考を放棄し、マーキング済みの女に瞬間移動できる【瞬揉】を発動。

八代目アーサー王が白鞘から刀身《とうしん》を見せた次の瞬間、庇《かば》うようにして前に出る。

余裕のない俺は椿を蹴り飛ばし、左腕の犠牲を覚悟する。

刹那。

鮮血。

──俺の左腕が斬り飛ばされる。

「なにをするセツ──ナ？」

空中に舞う左腕が視界に入ったんだろう。

椿の言葉が止まる。

クソったれめ……！　バリバリ【空断】が機能してやがるじゃねえか……！

死者蘇生に加えて過去の英雄を支配するとか、どれだけ才覚に恵まれればそんなことができるようになるんだよ！　ええ？　【強欲】の魔法使いさんよ？

「かかっ。助かったのお嬢ちゃん。この男が庇ってくれんかったら、今ごろそこに転がっていたのは鬼の首じゃぞ？」

八代目アーサー王が指差したところに落下したのは俺の左腕。

冗談でもなんでもなく、あと一瞬遅れていたら間違いなく椿の首が刎ねられていた。

あーもう、クッソ！　人手が全然足んねえぞ！　どうすんだよこれ!?

『セツナ！』

ロゼ、椿、ルナの叫び声。どこか悲鳴じみたものが含まれているように感じられた。

仮にも特待生全員を降した男がいとも容易く片腕を失えば驚きも大きくはなるだろう。

だが、

「狼狽《うろた》えんじゃねえ‼　たかが腕一本だ。感情を抑制しろ！」

全員を睨《ね》め付《つ》けながら叱咤《しった》する。

特待生を庇いながらこの絶体絶命を乗り切れるほど事態は甘くない。

まあ、全盛期ならいくらでもやりようはあったんだが……歳は取りたくないもんだよ、全く。

俺はチラリとロゼに視線をやる。

さすがはギャル魔女。

俺の秘書兼特待生参謀だ。

〈ほら。繋いだわよ。さっさと指示を出しなさいよ！〉

読心術。

もちろん不全の俺にそれが発動できるわけもなく。

本来であれば俺が請け合わなければいけない処理を受け持つという並列思考での発動。

持つべきものは天才魔女さまだ。

〈すまないセツナ。軽率な――〉

〈謝罪なんざどうでもいい！　お前らに聞きたいことがある。生きたいか？〉

〈はぁ⁉　当然じゃん！〉〈もちろんですわ〉〈なぜ自ら死を望まねばならん〉

〈異口同音。同じ意見で一致したな。だったら撤退、一択だ。【円卓の騎士団】に駆けつけて緊急事

態だと告げろ〉

これで少なくとも三人の命は確保。俺の死亡は確実だが、セラ一人だけならワンチャン――、

〈却下だっての!〉

〈却下だ!〉

〈却下ですわ!〉

次の一手を模索する俺に拒否を示す特待生。あのな、お前ら、ふざけている場合じゃ――、

〈貴様が言ったのだろう〉

〈そうそう。忘れたとは言わせないわよ〉

〈セラさんとわたくしたちは運命共同体ですわ〉

うげ、アオハルかよ。

あー、嫌だ嫌だ。これだからメスガキどもは。超高齢者には見ていられない光景だ。

どいつもこいつもヤる気満々じゃないの。そういうのはベッドの上だけで結構なんですけど?

今度は俺が考え直す番だ。奴隷紋による強制力を利用するかどうか。

こいつらとて、目の前の女――【強欲】の魔法使い、リア・スペンサーのヤバさは肌で感じ取っているだろう。

死の気配に気圧されないよう気を張っているのが見てわかる。

何も感じていないわけじゃない。

何も思考していないわけじゃない。

死さえも覚悟した上での「却下」。

全ては仲間を、セラを助けるために。

俺はそれを踏み躙るべきか否か。

〈死ぬ可能性の方が高い。それでもセラを助けたいか〉

〈当然ですわ！　全員で学院に帰るまでが合宿ではなくて？〉

〈むろんだ。私も命を張ろう。だからなんとしてでも助け出せ〉

〈当然！　全員が助かる方法を考えなさいよ！〉

各々好き勝手に言ってくれる。

眩しいねえ本当に。俺にもこういう時代があったのかね。

まあ、いいだろう。そんなに死にてえなら奇跡に賭けてやるよ。

地獄の合宿――全員帰還という奇跡にな。

〈セラは再生力が尽きて屍食鬼に堕ちている。自我を失うのも時間の問題だ。さらにリアも【強欲】で隔離した魔法の解析を行っている。解除されたらゲームオーバーとなる〉

俺の状況説明に黙って耳を傾ける特待生。

〈これから俺は隔離したセラの元に向かう。そうなるとお前らがこの場を請け負うことになる。手に負えないリアはリソースを【白】の解析に割いているから手を出してくることはねえだろう。もしそ

うなったら試合終了だ。あの世で会おう〉

　ごくっ、と生唾を飲み込む音が聞こえる。

　死が間近に迫っていることを再認識したんだろう。

〈とはいえ、直接リアが手を下してくることはねえだろう。それならこの場にいる全員がもう死んでいる。【英雄召喚】なんつうエグい死者蘇生を発動したのが何よりの証拠だ。あいつは今、からくり箱とその中に入ったおもちゃに夢中の子どもだ〉

〈つまり、わたしたちでアレの相手をすればいいわけ？〉

　アレ、というのは言うまでもなく【英雄召喚】された八代目アーサー王のことだ。

　そう。この場を託す最大の課題はあのクソ爺である。

　もし。

　なんの制限もなく過去の英雄を死者蘇生し、支配することができるなら。

　はっきり言って俺たちに勝ち目は一切ない。全盛期のアーサー王はそれこそ現在の俺たちが手に負える相手じゃない。

　だが、リアはこう言った。

　実験台、と。

　つまり、

「一つ聞かせろ爺。調子はどうだ？」

俺の質問に八代目アーサー王は真意を読み取ったんだろう。

「かかっ。二割といったところかのう。むろん魔宝具【空断】は機能しているようじゃがな」

よし！　思った通りだ！　ありがとよクソ爺。

今の返答で確信した。【英雄召喚】――少なくとも目の前の爺は全力を出せない状態で召喚されている。

そりゃそうだ。アーサー王はこの世界で五指に入る水準。本気のそれをいつでも好きなだけ呼び出せるわけがねえ。

嘘を吐かされている可能性も捨て切れないが、おそらくそれはねえだろう。

その証拠に、

「あら、おしゃべりな老人。対象に自らの弱点を暴露するなんて」

苦笑を浮かべて、印を結ぶリア。それに呼応してクソ爺の唇が固く閉ざされる。

全盛期の爺に攻められたら特待生ごときが相手になるわけがない。

だからこそ俺はこの場に三人を残すことに踏み切れなかったが……。

これで暗闇から一筋の光明程度には事態がマシになった。

〈今の会話でクソ爺が本調子じゃないことは理解したな？　だが、腐っても八代目を襲名したアーサー王。格上の存在だ。特に厄介なのがあの白鞘。あれは【空断】といって刀域の空間・次元を切断する〉

〈おい待てセツナ。それだと私は――〉

〈ああ、そうだ椿。お前は刀を切り結べない〉

八代目アーサー王に【剣士殺しの剣士】と異名が付いたのにはもちろん理由がある。

あの白鞘が繰り出す剣術はありとあらゆるもの全てを貫通切断してくる。

剣士にとって憧れの象徴であり、椿が舞い上がって刀を切り結びに行ったわけだが、もしあのまま放置していれば、椿の『雷切』ごと切断し、首まで刃が届いていた。

剣士なのに刀を切り結ぶことを禁じられる。

だからこそ通り名が【剣士殺しの剣士】。

これ以上のネーミングを俺は他に知らない。

だが、対処法がないこともない。

〈奴隷紋を以て命ずる。椿、今すぐ穿いているパンティーを俺に手渡せ〉

〈はいっ⁉〉

〈馬鹿なのか貴様は！　こんなときに何を考えて――チッ。身体が勝手に！〉

一刻を争うため、奴隷紋で強制脱衣させる。本来なら片脚を上げて下着が下りてくるところを凝視したいところだが、余裕がない。

こいつらにとってはふざけているようにしか見えないだろうが、俺は至って真剣だ。

椿から受け取ったパンティーを嗅ぐために鼻に持っていく。

この場にいる俺以外の全員が思うところがありそうな表情だ。

お前はこの絶望的な状況で何をしているんだ、とでも言いたげな反応。

あまりにも突飛《とっぴ》だったからか、思考さえ停止しているように見受けられる。

はっきり言って好都合だ。呆気に取られている方が召喚に集中できる。

「来い！　聖剣【玄武《げんぶ》】」

刹那、足元から魔法陣。

椿の脱ぎたてパンティーと俺の身体の一部を触媒に【色欲】の魔法――錬金魔法――により聖剣を高速錬成。

霊獣――亀と蛇を模した巨大十字剣《クレイモア》。

俺は椿が禁じられた『雷切』の代わりに【玄武】を手渡す。

空間・次元を切り裂く白鞘【空断】。

空間・次元も鉄壁の聖剣【玄武】。

〈使え。これなら刀を切り結ぶことができる。ただし、何があっても絶対に手放すな。手に取ったら死ぬまで握り続ける覚悟でやれ。それができなければ首と胴体が離れるぞ〉

〈セラと共に帰って来たら言いたいことが山ほどある〉

椿はジト目ながらも緊急事態のため受け入れる。

俺がどういう人間か、慣れてきた証左だ。

〈いいか。接近戦は【玄武】を持つ椿だ。ロゼとルナは三人一組の陣形――狙撃魔術で支援しろ。光魔術と雷魔術による高速移動でクソ爺の接近を決して赦すな！　マジで死ぬぞ。で、椿。お前は死ぬ気でアーサー王の剣術を見逃すな。こちらから仕掛ける必要はない。あくまで捌き切ることだけに全神経を割け。作戦変更、状況判断はロゼ。お前に全て委《ゆだ》ねる。死にたくねえんだろ？　だったら思考を放棄するなよ？　お前に特待生全員の命が懸かっているからな？〉

〈上等〉〈心得た〉〈承知しましたわ〉

さて。

言うべきこと。

すべき指示はした。

ここからはこいつらを信じてセラの元に駆けつけるしかない。

そもそもセラの自我が戻ったところでいつまでも【白】に閉じこもってもいられないわけで。リアに解除されるまでが制限時間だ。

そうなればセラが復活していたとて、大した戦力にはならないわけで。

どう転んだって全滅の可能性が最も高い。

だが、それでもやる。死んでもやる。

それが命を賭《と》してでも仲間を救おうと決断した特待生《こいつら》への誠意ってもんだろう。講師としての義務もある。

さてはてどうなるか。

一寸先は闇だぜ本当にな。


【ロゼ】

「よし。それじゃ俺は行くが——死ぬなよ？」

「こっちの台詞だっつうの！」

セツナがセラの元へ駆けつけやすいよう、あえて威勢のいいふりをする。

諦めたくないいなんて、いつぶりの感情だろ？

ロゼちゃんらしくないなーとは思うんだけど。

上等。やってやろうじゃない。

☆

三人一組。

これはセツナを降すと決意したときに真っ先に考えなければならない陣形の一つだった。

わたしたちに刻まれた奴隷紋の解除状況は鬼畜度Xの発動。

現状、セツナはチカラの半分も出していないことになる。

まだ見ぬ鬼畜度Ⅴが普通なわけがない。当然、特待生のうち誰かが脱落することを念頭に置いておく必要がある。

そこで四人全員の陣形に加えて、三人一組、二人一組、の組み合わせを提案。即座に連携できるよう万全の準備をしていた。

さすがは特待生。全員の理解は早かった。

おかげで八代目を襲名したアーサー王に魔術を叩き込む隙が生まれる。

「椿！」

厄介な対象を引き付けてくれていた彼女に叫ぶ。

これが狙撃魔術の合図。

欲を言えば声を出すことなく連携したいところ。

ただ、相手の白鞘――その刀身は空間を切断してくる。

剣術に集中する椿の負担を減らすためには、読心術の展開は論外。

練習不足も否めないし、ぶっちゃけ阿吽《あうん》の呼吸にはほど遠い。阿吽の呼吸に落とし込むためには圧倒的に時間が足りてない。

わたしは【八咫鏡《やたのかがみ》】によるレーザー照射、ルナは【雷槍《らいそう》】を遠隔から射撃。

正面に椿を捉える八代目アーサー王にとっては死角からの一撃、ううん、二撃。

しかも剣士にとって面倒極まりない狙撃魔術。

それも威力、弾速、貫通力は折り紙つき。

躱せるもんなら躱してみせなさいよ！

椿が後方に回転しながら宙を舞う。二線の魔術が高速で迫る。

もらった――！

完全に入る間合い。

もちろん相手はアーサー王を襲名したことのある英雄。

魔術への対処があってしかるべき存在。

けれど死角からの狙撃魔術で無傷ってことはないんじゃない？

「ほう。見事な連携じゃ。死角からの狙撃。それも左右から。まともに食らえば痛そうだわい。じゃが――」

対象の眼光が強くなる。

白鞘から刀身が現れた次の瞬間、

「【無月】」

――チンッ、と。

刀身を鞘に納める音。

わたしは目を疑わずにはいられなかった。

最初からこれで終わるとは思ってなかったわよ？

さすがにそこまで自惚れてないっての。セツナに鼻を挫《くじ》かれたばかりなんだから。

でもこれは予想外。想像の遥か斜めを行き過ぎ。

空間・次元を切り裂くとは聞いてたけど——魔術さえも切断できるとか聞いてないんですけど⁉

切断された【八咫鏡】と【雷槍】は憎たらしいほど真っ二つ。中心を捉えるほどの余裕。

標的を見失った魔術が彼の背後で爆発する。

高エネルギーが衝突。墓石が吹き飛び、爆炎と白煙を上げながら粉々に砕けていく。

「かかっ。どうしたどうした。今のが切り札ではなかろうに。絶望には、ちと早いのぉ」

クソ爺……！　思わずセツナの口調になってしまうほどに驚きを隠せないわたし。

剣士の危機察知能力は高い。ましてアーサー王にまで上り詰めた者ならなおのこと。

死角からの狙撃魔術を捌いてくるとなると——。

必死に脳みそを振り絞る。

これまでのわたしなら投げやりになっていたかもしれない。

けど、わたしの判断には椿とルナの命も懸かってんのよ。思考を手放すわけにはいかないでしょうが。

「アーサー王の剣術を一つも取りこぼせないわけだけど……どれくらい保《も》ちそう？」

すぐ傍《そば》に回避してきた椿に確認を取る。

セツナが残した巨大十字剣《クレイモア》のおかげで刀を切り結べるようになったとはいえ、取りこぼしは厳禁。

それが意味するところは椿の死。

「一振りが洗練されている。このままでは精神力が先に尽きる。保って十分といったところか。万が一、取りこぼした場合は【鬼人化】で乗り切ることになる」

緊急回避が一度だけならできるってことね？

視線でそう確認するわたしに椿は首肯《しゅこう》。

とはいえ、【鬼人化】の発動は活動時間制限の発生も意味するわけで。

発動させてしまった瞬間に次はない。バテたところを切り捨て御免。

わたしかルナが接近戦に加わるのは——リスキーよね。

魔術を切断する以上、肉体を光化させたとしても無効にされる恐れがあるし。

接近戦は鬼門。かと言って遠隔からの狙撃も切断可能。隙はなし。

……あー、やっぱ。いきなり詰んでないこれ？　始まったばかりなんですけど。

☆

【セツナ】

隔離魔法【白】に戻ると血肉を求めて暴れ回るセラがいた。

怒りや憎しみに感情を支配された成れの果て。見事なまでの屍食鬼だ。

「ウガアアアアアアアアァァァァ！」

餌である俺が乱入したことにより、一目散に追いかけてくる。

やれやれ。本当に世話の焼ける生徒だな。獣じゃねえか。

俺はセラが飛び跳ねて無防備となったところで、魔導器『縛縄』を取り出す。

それはしゅるしゅると蛇のように絡みつき、やがて亀甲縛《きっこうしば》りとなり、驚異的な拘束力を発揮。

「アアアアアァァァッ！　グアアアアアアアアアアアァァァァッ!!」

両目は充血。異様に伸びた犬歯と唇からはだらしなく涎が垂れている。

保健室での一件のように、吸血鬼は吸血することで、対象の過去を覗き見ることができる。

俺は暴れ回るセラに自ら首筋を晒す。

案の定、齧《かじ》り付いてくるセラ。

あー、もう痛《い》ってえな、おい！　いくら美人とはいえ、血を抜かれて興奮する癖はねえぞ。

搾り取るならもっと気持ち良い方をお願いしたいぜ本当に。

齧り付いたセラの後頭部を押さえるように抱きしめる。

さて、と。戻って来られるかどうかは半々といったところか。

これから吸血を通して、特待生たちと過ごした記憶を見せるつもりだ。

俺から見た活動報告みたいなものだと思ってもらえればいい。

自我を失った屍食鬼には飢えと渇きを満たしてやりつつ、『戻りたい』と思わせられるかどうかが鍵だ。

復讐を果たすことだけが生き甲斐だったこいつにとって、特待生たちと過ごした日々はこれまでとは違う感情を抱かせたはずだ。

同年代。それも己と同じような運命や壮絶な過去を背負うやつらだ。

ありきたりだが、励まし合い、楽しいと思わせるには十分な環境だといえる。

逆に言えば、この環境下で感情が揺さぶられていなかったなら、奇跡の生還は不可能。

もしも完全に堕ちてしまっているなら、俺は見切りをつけるつもりだ。

セラを——いや、獣を見捨て、この空間から離脱する。

この状況は椿、ルナ、ロゼが作ってくれたもの。あいつらの命が懸かっている。

それに応えられないなら躊躇などしようはずがない。

——戻ってこいセラ。

復讐するな、圧倒的な実力差を諦めろなんて言わない。

憎め。憎めばいいんだ。己の不甲斐なさを。無力さを。姉を。

これからも復讐を糧《かて》にすればいいさ。

だが、飲まれるな。そこはお前の居場所じゃねえだろ。

特待生という気の許せる仲間がお前にはいるだろうが。

仲間を利用し、利用される。

一人はみんなのために、みんなは一人のために行動できるチームだろうが。手放すにはあまりにも惜しいぞ?

戻ってこいセラ。

憎き姉を殺したいなら、お前が死んでどうすんだ。

俺だってまだ報酬を受け取ってねえんだぞ。死ぬなら一発ヤらせろ。

それからでも遅くねえだろ。


【セラ】

憎しみと失望。

負の感情――その濁流に飲み込まれていく。少しずつ己が解けて消えていくような感触。

ああ、私はこのまま――。

まるで海底に沈んでいくような曖昧な感覚で手を伸ばす。

復讐を糧に生きてきた。なのに走馬灯《そうまとう》は、たった数週間一緒に過ごした特待生たちとの記憶ばかり。

この私がみんなに会えないことを残念だと思っている……?

もしかして楽しかったのかしら……?

伸ばした手を下げようとした次の瞬間。

私は何者かに強く手を握られたような気がした。

〈戻ってこいセラ！　俺はまだ報酬を受け取ってねえぞ!?〉

☆

【セツナ】

「……セツ、ナ……？」

「よし！　意識が戻ったな!?」

吸血量が十八人分にさしかかったところで、俺の首筋からセラの犬歯が離れる。

ったく、美少女の脱ぎたてを十八枚も使わせやがって。

まだまだ貯蔵《ストック》があるとはいえ、さすがに焦ったわ！

なにせ、リアはこの空間——『セックスしないと出られない部屋』を体現した——隔離魔法【白】の解析を四分の一終わらせてやがるからな。

俺は縛縄を解き、拘束を解く。

膝をつくようにして倒れるセラ。

「げほっ、げほっ、げほっ……！」と咳《せ》き込む彼女の背中をさすってやる。

「おはよう。気分はどうだ？」

「……最悪の目覚めね」

だろうな。

息を整え、状況を理解したセラは核心を口にする。

「……堕ちていたのね」

「ああ」

「貴方が駆けつけてくれたことは理解したわ。それで？　ここはどこかしら。見渡す限り真っ白。まさかあの世でもないだろうし。状況を把握したいのだけれど」

家族を抹殺した憎き姉との遭遇《そうぐう》。

意識を取り戻してから会話が成立するかどうか心配だったんだが。

さすがはエリート吸血鬼。生死を彷徨《さまよ》ったことで、頭が冷えてやがる。

ひとまず安心したぜ。

「『セックスしないと出られない部屋』だ」

「セッ――!?　えっ、はぁっ!?」

「そんなに元気なら本当に大丈夫そうだな」

「いやいやいや!?　何も大丈夫じゃないわよ！」

そうそうこれこれ。お前のこういう反応を見たかったんだよ。

「生理的に嫌悪している講師と【制約《ギアス》】――強制力が働いた空間に閉じ込められる。どうだ？　興奮するだろ」

「しないわよ！　馬鹿じゃないの!?　言っておくけれどしないわよ」

猫のようにふしゃーと毛を逆立たせ、威嚇《いかく》してくる。

「俺は別に構わねえけどな。ただ、この空間には本当に何もない。食料も水も提供されない。まして吸血鬼は不老不死だ。退屈がお前を殺すぞ」

「鬼畜」

最高の誉《ほ》め言葉だよ。

さて、そろそろおふざけも切り上げねえと。欲を言えば、もっと揶揄って追い詰めたいところではあるんだが……一刻を争う。

この時間でさえもロゼたちが命懸けで生み出してくれたものだからな。

「とまあ、冗談はここまで。真面目な話をするぞ」

「最初からしなさいよ」

パチンッと指を鳴らす。真っ白な空間に外の映像が映る。

おうおう。苦戦を強いられてるじゃないの。あれで本来の二割程度ってんだから、歴代アーサー王の真価が知れるってもんよ。

「なっ……！」

と犬歯を剥き出しにするセラ。

そりゃそうだろう。駆けつけてきたのが講師だけでなく特待生までとなれば驚きも大きいだろうよ。

「どういうつもりよ!?」

と、胸ぐらを掴む勢いで俺に迫ってくる。

「どういうつもり、とは?」

「まさか……椿やルナ、ロゼを置いてここにいるんじゃないでしょうね!?」

「そのまさかだ」

「……っ! わかった! わかったわよ! そんなにヤリたいならさっさとしなさいよ! だから早く彼女たちを助け――」

「落ち着けセラ。この状況は俺が誘発したもんじゃねえよ。あいつらがお前を助けたいと言って勝手にしゃしゃり出てきたんだ」

「えっ……?」

映像ではクソ爺に狙撃魔術を完封され、焦りが隠せない表情の特待生たちが映し出されている。

中でも集中力を切らせない椿の緊張感は凄まじいだろう。

なにせ【玄武】で白鞘【空断】を取りこぼせば即切断だ。

だが、ロゼとルナに接近を許さないためには、誰かがその役を担わなければならない。

『羞恥乱舞』で鍛えられた精神力が問われる場面だ。

「いいか、よく聞け。はっきり言って絶望的な状況だ。意識こそ戻ったものの、再びリアの前に顔を出せば同じことの繰り返しだ」

「わかっているわよ！」

「曲がりなりにも俺は講師だ。教え子であるあいつらからお前を託された。このまま外に出して瞬殺されるようじゃ合わせる顔がない」

「でも！」

「ああ。わかってる。このままじゃジリ貧だ。しかも籠城《ろうじょう》もできない。あれを見ろ」

と頭上に親指を向ける。

そこには【白】を解析《ハッキング》するリアの魔法――【強欲】の波動と魔法式が絶えず流れ込んでいる。

「破られるのも時間の問題だ。椿たちは絶対絶命。籠城も不可。外に出ればリアに蹂躙されるだけの未来。悲しいかな、この状況を覆すだけのチカラが俺にはない。そもそも魔力がほとんど残ってねえ。ははっ、マジで死ぬぞこれ」

「だったら貴方が彼女たちを優先する判断を下しなさいよ。奴隷紋があるならそれぐらい簡単でしょう!?」

「それを言われると耳が痛いな」

「セツナ！」

「吠えるなよ。んなことは百も承知だっての。だからこの絶望的な状況を少しでもマシなものにするためにお前には命を懸けてもらうつもりだ」

「！　ええ、わかったわ！　なにをすればいいのかしら」

「合宿前、お前に新たな【黒血術】を与えると言ったのを覚えているか」

「もちろん」

「これから俺はお前の下腹部に【呪淫紋《じゅいんもん》】を刻む」

「【呪淫紋】……？」

「【色欲】の禁書、その一部をお前に移譲する。俺が使わない――いや、適性がなくて使えない機能だ」

「それがあれば私も魔法を――！」

「最後まで聞け。リスクがないわけねえだろ。本来ならその一部を細かく分割し、徐々に移譲していくつもりだったんだよ。だが、事態が急変、現在に至る。ちんたら時間をかけている場合じゃねえ。ぶっつけ本番で適性を確認する」

「適性がなければ死あるのみ。けれど期待に応えてみせればあの女に一泡吹かせるだけのチカラが手に入るのね？」

「そういうことだ。まあ、それでも一泡吹かせられたら良い方だがな。適性があったとて、勝ち目はほとんどないと言っていい」

じゃあこの賭けには意味があるのか？

それがあるんだな。ちなみに俺の座右《ざゆう》の銘《めい》は他力本願《たりきほんがん》だ。

「けれど、椿たちを逃がす時間を稼ぐことぐらいはできるでしょう？」

「できなくはないだろうな」

「現在はその返答だけで十分よ。時間がないんでしょう？　さっさと始めましょう。仮にここで命を落とすことになったとしても、後悔なんてないわ。そのために王立魔術学院に入学したんだから」

決意のこもった眼差し。

九死に一生を得たこの状況が仲間の救援によるものだと理解している分、想いの強さが上乗せされている。

【呪淫紋】を刻めば、セラは精神世界で人格を維持できるかどうかを問われることになる。

そのときモノを言うのは意志の強さであることは言うまでもない。

さあ、運命の分岐点だ。

もしも特待生たち——仲間に思うところがあるなら、生きて帰って来い——【色欲】の禁書に飲まれることなく、むしろ飲み込んでみせろ。

「心の準備はいいな？」

「ええ。いつでも」

禁書を移譲するため、セラの下腹部をはだけさせる。

俺はセラの真っ白な腹に歯を立てる。

つう、と血が流れ、舌に鉄の味が広がる。

【呪淫紋】が刻まれたことを確認。カクンとセラの意識が落ちる。

適性を問う旅立ちだ。

セラを見届けた俺は最後のチカラを振り絞り【白】解析の妨害工作を開始する。

【強欲】相手に大した効果は期待できないが、それでも多少の時間稼ぎにはなるだろう。

あー、やべえ。魔力も底を突きかけているし、このままじゃ老けちまうな。

女の前で老化――爺の俺を見せたくなかったんだが、無理かもしれねえな。

【椿】

――パサッ、と。

八代目アーサー王の剣筋を反って躱したものの、髪先が餌食となる。

セツナが残した【玄武】のおかげで、刀を切り結べるとはいえ、本当にぎりぎりだ。

肌を刺すような重圧。にもかかわらず、刀を向けてくる対象から殺気が感じ取れない。

危機察知能力が高い種族――鬼である私を仕留めることに余念がない。

おかげで全神経を研ぎ澄まし続けねばならなかった。長くは保たない。

一方のアーサー王は涼しげだ。さすが剣士として最高位を襲名した最強剣豪。

元より侮《あなど》ってなどいないが、その実力はやはり本物。私など、彼からすれば児戯《じぎ》のそれだろう。

なにせ本気を禁じられている。二割しか出力できないとのこと。それでこの腕の痺れだ。

――ガギンッ！

白鞘【空断】を【玄武】で受ける。

わたしの下着を触媒にするなど、ふざけた剣ではあるが、その性能は本物だ。

握ることさえ忌々しいが、やむをえん。

「かかっ。知っておるか、お嬢ちゃん」

「……何を、でしょうか」

「空間さえも切断する儂の白鞘。それを防がんとする【玄武】が何でできているかじゃよ」

気にはなっていた。むろんセツナは【色欲】の魔法使い。碌《ろく》でもないものだろうとは想像できるが。

「貴殿はご存じなのですか」

「無論。鬼の嬢ちゃんが握っている柄《つか》の正体は――セツナのアレじゃよ」

アレ……？

その正体に至った次の瞬間、私の【玄武】を握る手が少し緩んでいることを自覚する。

目の前の相手がその一瞬の隙を見逃すはずがない。

「隙ありじゃな」

まずい……！　仕留められる……！

「【鬼人化】【儚桜】!!」

刹那、脳裏によぎる首が切り落とされる映像。

本能が見せた虚像。だが、ここで切り札を発動していなければ現実のものとなっていたことだろう。

「痛っ……！」

額から出血。くっ……八代目アーサー王の剣筋が全く追えなかった。

緊急回避で放った【儚桜】が、私を軽傷へと導いてくれたのだろう。

流血。ぽたぽたと地面に落下する音が憎い。

油断していたわけではない。

だが、また私は決闘中に邪念を……！

「……はぁ……はぁ」

「ほう。今のは本気で首を落としに行ったのじゃが……よくぞ【玄武】を離さんかったのう」

やはり動揺したところを狙われていた。

セツナの「何があっても手放すな」という忠告を思い出せなければ、間違いなく死んでいたことだろう。

まだまだ一本の刀になるのは険しいというわけか……！

精進が足りんな。

「椿！」

「椿さん！」

一撃をもらってしまったことを視認した二人が駆け寄ってくる。

「すまない。油断したあげく【鬼人化】を切ってしまった」

「謝る必要なんかないっての。それより傷は大丈夫？」

とロゼ。

その表情には危険な役割を任せていることへの申し訳なさが含まれているように見える。

気にすることはないのだがな。私は剣士。剣術を極めたアーサー王の胸を借りられるのだ。こんなに名誉なことはない。

むしろ反省すべきは己の未熟。

『羞恥乱舞』で鍛えられたとは思っていたが……やはり、想像していない事態は訪れるものなのだな。

ふう。落ち着け。深呼吸だ。

こういうときこそ冷静に。

この状況下で取り乱さなくなったのはセツナのおかげだろう。認めたくはないが。

「椿、といったな。その名を覚えておこう。お主《ぬし》は将来が楽しみな剣士の一人じゃ。だから——死んでくれるな？」

八代目アーサー王、そして白鞘が纏う空気が一変する。

これまで殺気を放つことなく息の根を止めようとしていたが、今回は違う。

確実に仕留める意志が、明確に表れている。

「下がれ、ロゼ、ルナ!!!!」

「【絶花】」

☆

【セツナ】
喀血。あー、もうクソッ、魔力が枯渇しかけてやがる。
【白】の維持、椿たちの時間稼ぎ、セラの精神世界への潜水、そのどれもが限界寸前。
「はぁ……はぁ……ぐっ。まだかセラ。そろそろマジでやべえぞ」
絶望的。かつてこれほどまでにこの言葉が似合った言葉も珍しい。
対照的にセラは眠ったように動かない。反応が全くない。
だが、息はある。【色欲】の禁書、その一部をモノにしようと争っているんだろう。
だが、このままじゃ制限時間の方が先に——。
「ふふっ。残念だわセツナ——」
〈隔離魔法【白】の解析が完了。解除を実行〉
おいおい嘘だろ⁉　予定よりもずいぶんと早《はえ》えじゃねえか！　バケモンかよ！
クソッ……！　間に、合わなかったか——！
真っ白な世界。頭上に亀裂。
本来なら『セックスしないと出られない』絶対遵守の空間。

それが実行前に破壊されるという非常事態。解析速度も、ありえないほど異様な速さ。

解き明かしたいという【強欲】、まさしくリアを体現した魔法だからこそ可能となったバグ技。

人生、諦めが肝心ってのはよく言ったもんで。それを身に染みて理解したのは神々に敗れたときだった。

今回、惜しむらくは、リアとセラの再会が早過ぎたことだろう。

あと一年――。せめて一年あれば。

事態はまた違ったものになっていたかもしれない。

もちろん、歴史にｉｆは禁忌。考えても意味のない思考ではある。

だが。

それでも。

俺はセラに復讐を果たさせてやりたかった。

憎しみを捨てろ。復讐を忘れろ。違う生き甲斐を見つけろ。

真っ当な講師ならそう正すだろう。

ハッ、クソ食らえ。大事な家族を、仲間を、恋人を失ってから言え。

隔離魔法が破壊されていく中、俺はセラを庇うようにして近づく。

やがて【白】が完全に消え去ると、クソ爺に吹き飛ばされ意識を刈り取られた特待生が目に入る。

剣術秘伝【絶花】

広範囲の空間を根こそぎ抉り取るように放たれる抜刀術。

咄嗟《とっさ》に雷速・光速で回避したルナとロゼはなんとか致命傷を避けた形だが、空間切断は五感を揺さぶってくる。その余波により酔いが回り、意識を刈り取られていた。

椿も【鬼人化】による火事場のクソ力を発揮し、一命は取り留めた格好。四方に枝分かれする不可避の一閃《いっせん》を全身に流す【儚桜流し】で緊急回避。

それでも捌き切れなかった【絶花】が彼女の全身を刻み、蝕んでいる。

悪かった椿、ルナ、ロゼ……！　これは俺の判断ミスが招いた最悪の結果だ。

お前らには奴隷紋で命令してでもここから立ち去らせるべきだった。

教え子から託してもらっておいてこのザマだ。若い芽を摘ませてしまうとは、俺もいよいよ老害の仲間入りかね。

命で償わせてもらおう。

「何か言い残すことはあるかしら？」

俺を見下ろすように言うリア。

言い残すこと？　んなもん腐るほどあるっての。

とてもじゃないが、この短い場面で全てを言い切れない。

とてつもない分量だからな。

だから、せめて――負け惜しみの一つでも言っておこうかね。

「次は――負けない」

「さようなら」

リアの右手に黒炎。消えることのない――対象を燃やし尽くす黒い炎。

『色違い』

餞《はなむけ》にはもってこいだな。

ありとあらゆる全てを諦めた次の瞬間、

「待たせたわね」

ゆっくりと目を開ける。

と同時に。視界の端で桜の花びらが舞い落ちた。

リアの黒炎に包まれた手首を掴んでいたのは、新たな【黒血術】を発動したセラ。

おお……！　マジか⁉　この土壇場《どたんば》でやってくれたか！　絶望的な状況で期待に応えるとは、さすがエリート吸血鬼。

魅せてくれるじゃねえの……！

「『黒炎』を素手で……？　どういうことかしら？」

リアが口にした「どういうことかしら」。

その確認は俺に向けられていた。

決して消えることのない『黒炎』。それを手に宿したリアの手をセラは握っている。

間違いなく自殺行為だ。飛び火して再生力が尽きるまで燃やし尽くされることだろう。

だが、セラはその被害に遭っていない。それどころかむしろ涼しげだ。

現状を的確に言い表せる言葉がある。これ以上にふさわしい言葉を俺は知らない。

――覚醒。

彼女は現在、新たな衣装に身を包んでいる。

名付けるなら、そうだな――、

〈【呪淫紋】状態一、セラ　花魁《おいらん》Ｖｅｒ〉


といったところか。花魁衣装、なかなか似合っているじゃねえか。

「好きに暴れていいぞ。お前の好きなようにやれ」

「ええ。元よりそのつもりよ」

可愛い教え子がやってくれたんだ。講師の俺ももう一踏ん張りしますか。

☆

花魁衣装に身を包んだセラは戦況を一瞥。

「……無事だったか、セラ」

「はぁ……はぁ、遅いっての」

「帰って来られると信じておりましたわ」

一方、特待生たちの意識が戻っていた。

セラの安否を確認した彼女たちに笑みが浮かび上がる。

とはいえ、あいつらは間違いなく限界だ。魔力も消耗している上に全身傷だらけ。

立っているのもやっとだろう。

まさしく間一髪。あと少しタイミングが遅かったら、悲惨な光景が待っていたかもしれない。

さすがは特待生。悪運が強い。

八代目アーサー王を足止めしていた椿たちを視界に入れるセラ。

彼女が振袖を振ると、満身創痍《まんしんそうい》の特待生たちが青い炎に包まれる。

「「「!?」」」

へえ……こりゃ驚いた。

『色違い』『青炎』。

見間違うことなき魔法。極等《きょくとう》魔術を上回るだけでなく、禁等とも肩を並べる。

まさしく〝喪われし魔術《ロスト・マジック》〟の一つ。

『青炎』には二つの効果がある。

一つ。体力、魔力の供給。自己治癒能力向上による回復だ。

「傷が癒やされていく……！」

「それだけではありませんわ。魔力も流れ込んで……これが『色違い』ですの？」

「成功したのね？」とロゼ。俺に視線だけ送ってくる。

その通り。成功だ。

まさかこの土壇場でセラが【色欲】の禁書、その一部を飲み込めるとは思ってもいなかった。

これればかりは奇跡と言っていい。

仲間を想う気持ちが届いたのか。はたまた、復讐を果たす意志が再燃焼したのか。それはセラのみが知る精神だが、重畳《ちょうじょう》。

この世界じゃ結果が全てだ。いかなる理由、原因があろうとも、な。

花魁姿のセラを視認したリアが楽しそうな笑みを浮かべる。

次のおもちゃでも見つけたかのようなそれだ。

八代目アーサー王に何かしらの指示を送ったのだろう。

セラの首を刎ねようと高速で迫ってくる。

「セラ！　その白鞘の刀身を防ごうとするな!?　切り落とされるぞ！」

クソ爺の【空断】がどれほど厄介かは近接戦を請け負っていた椿が嫌というほど理解していることだろう。

真っ先に仕留めにかかろうとする光景に危機感を覚え、声を張り上げる。

「ええ、大丈夫よ。全部視《み》えているから」

とセラ。気がつけばクソ爺は懐に潜り込んでいる。

必中。ここから繰り広げられる抜刀術は回避不可になる。少なくとも本来なら腕の一本や二本は覚悟しなければならない。

――対象が【呪淫紋】を発動していなければな。

「……ほう！」

と声を上げたのはなんとあのクソ爺――八代目アーサー王の方だった。

老眼を見開き、目の前で起きた現実を信じられない様子。

けけけ。冥土の土産だ。あの世《むこう》で老人会でも開いて、盛り上がれ。

セラの首を落とさんと鞘から抜かれた刀身は目に見えない速度で首筋に向かう。

なんてことはない。

彼女はそれを摘み、それ以上の侵入を許さない。

言葉を失う八代目アーサー王。

一方、「あはっ、あはははは！」と狂気的に笑うリア。

セラの覚醒に愉悦を得てやがる。

「敬意を払うべき対象であることは理解しているわ。でもごめんなさい。退場してもらえるかしら」

刹那、刀身を摘んだセラの指先から青い炎が立ち上る。それは一瞬で燃え上がり、八代目アーサー王の全身を包み込む。

「……かかっ。愉快、愉快。英雄を邪魔者扱いとは……だがよい。死人である儂は老害じゃ。この世に縛り付けられるべきではない。黙ってただ消えゆこう」

青い炎に包まれるクソ爺の肉体が凄まじい勢いで燃えていく。

痛覚が機能しているならば、想像を絶する激痛が襲っているはずだ。

なにせ『青炎』の効果、その二つ目は浄化。

穢《けが》れや悪を祓《はら》い尽くす。

死霊術、闇魔術において最も相性が良い属性。

にもかかわらず、悲鳴や絶叫ではなく、痛快と言わんばかりの笑い声。

これが英雄たる所以。死んでなお、その類稀《たぐいまれ》なる精神力は発揮されていた。

「儂の白鞘を恐れず連携で危機を逃れ続けた彼女たちといい、一瞬で祓ってみせたお嬢ちゃんといい、有望な弟子を持ったのうセツナ。羨《うらや》ましいわい。かっかっか」

青い炎は無理やり縛り付けていた枷《かせ》を外していく。

激しく燃え上がり、やがて炎の中にはシルエットと眼光だけとなる。

「若い芽は摘ませたくないのう。決して死なせるでないぞ」

これがクソ爺——八代目アーサー王が浄化される最期の言葉だった。

無茶言うなよ。

特待生が必死に足止めしていた英雄を一瞬で葬り去ったセラは本命――リア・スペンサーと視線を交錯させる。

対峙。再会。復讐《リベンジ》。

さて。天才が禁忌のチカラを得てどこまで歯向かうことができるのか。見物だな。

☆

目の前で繰り広げられる光景は魔法使いの激闘。それ以外に表現のしようがないものだった。

花魁衣装――【呪淫紋】を発動し、「状態一」になっているセラは『色違い』である『青炎』を連発。

リアの得意分野は死霊術。適性属性は闇。

『青炎』は『回復』と『浄化』を自在に操れる。触れた対象を浄《きよ》めることなど造作もない。

これすなわち、属性による圧倒的アドバンテージをセラは手に入れたことになる。

相性は抜群。これが刺さる、刺さる！

さすがのリアも『青炎』に生身で対抗するわけにはいかず、【強欲】の禁書に接続、こちらも『色違い』である『黒炎』で対抗。

あらゆるモノを原子レベルにまで燃やし尽くすリアの『黒炎』。

あらゆる穢れを燃やし尽くすセラの『青炎』。

まさしく矛と盾、拮抗《きっこう》する二色の炎が激しくうねり、ぶつかり、凄まじい熱エネルギーと暴風を巻き起こす。

飛び火すればタダじゃ済まない。

俺が特待生たちを下がらせようとしたときだった。

「げほっ、げほっ、げほっ……！」

喀血。あー、やっべ。

「「セツナ!?」」

やっぱ老人が無理するもんじゃねえな。魔力の使い過ぎだ。

喀血を受け止めた手――右腕の生気が失われていく。

若作りには自信があったが、それも潤いや艶を失い、皺々に萎《しぼ》んでいく。

うげえ。さすが三百歳。ずいぶんと醜くなってやがる。自分の肉体だってのに視界に入れたくねえ。

余談だが、セラは【色欲】の禁書を飲み込んだとはいえ、移譲できたのはごく一部だ。

その一部でさえ、処理能力の半分ほどを俺が請け負っているという状態。

ようやく憎き相手に一矢報《いっしむく》いるときが来たんだ。

好きなようにさせたいと思うのが年寄りの気遣いってもんだろう。

「ねえ、あんた大丈夫？　すごい汗……ていうか、なにその腕!?」

とロゼ。

「気にすんな。化けの皮がちょっと剥がれただけだ」

「ダメじゃん!?」

とかなんとか言いながらも俺の腕を観察し、なんとか治癒できないか探っている様子。

「おいおい。お前は他人に興味がないギャル魔女だろ。ほっとけ」

「はぁっ!? あんたの心配なんかしてないわよ! してんのはセラだっつうの!」

相変わらずの減らず口。

とはいえ威勢が良いだけで、本当は俺の変化に狼狽《ろうばい》しているのが見て取れる。素は面倒見の良いギャル魔女だからな。萌えるじゃねえの。

「あの狂気的な死霊術師に食らいついていけるだけのチカラだ。反動がない方がおかしい。さてはセツナ……セラの反動《それ》を一身に受けているのではあるまいな」

今度は椿。

鋭い眼光を飛ばしてくるものの、膝から崩れた俺と同じ高さの視線で確認してくる。

紫蘭に殺されたときもそうだったが、こいつは意外と尽くす系の女だな。

嫌悪しているはずの男と視線を合わせるためにわざわざ膝をつくなよ。

にしても、勘の働く鬼だな。いや、状況から判断するに妥当っちゃ妥当だが。

セラはリアが発動する最小限の『黒炎』にも最大限の『青炎』で迎え撃っている。

魔法――『色違い』をあれだけ好き放題に放出すれば、そりゃ反動も大きくなる。

気がつけば俺の両目から血が垂れてくる。髪も伸び始め、黒々としていたそれは白く染まっていく。

「本当に大丈夫ですの!? 死んでしまいますわよ!?」

玉手箱を開けたようにお爺《じい》ちゃんになっていく俺に、ルナが悲鳴にも似た声を上げる。さすがに動揺を隠せないようだ。

まあ、目の前で【制約《ギアス》】を破ったときのような光景を目の当たりにすればな。気持ちはわかるぜ。

「騒ぐな。今はとにかくセラの好きなようにさせる」

☆

【セラ】

いける……!　いけるわ……！

さっきまで全く相手にならなかった私があいつを――絶対に殺し尽くすと胸に誓ったリア・スペンサーを防戦一方にさせている。

セツナの説明通り【色欲】の禁書――【呪淫紋】は【黒血術】を進化させた。それが現在の姿――花魁Ｖｅｒ。

【黒血術】により受けられる恩恵はいくつかある。

一に魔力の解放。尽きることのない源泉のように湧き上がってくる。

二に息継ぎが不要だと錯覚できるほどの肺活量と体力向上。

三に発動する魔術の威力を数段階跳ね上がらせる。

一つの効果だけでも強力にもかかわらず、三つの恩恵を受けられるところが固有魔術たる所以。その進化系である【呪淫紋】が弱いわけがないわ。

けれど、当然反動《リバウンド》がある。早い話が諸刃《もろは》の剣《つるぎ》。

発動後、あらゆる面において機能が低下し、活動が停止する。

つまり、最初から最後まで出し惜しみは不要。全力でぶつかるしかないということ。

この好機は特待生たちが――セツナが命を賭して闘ってくれたからこそ訪れたもの。

無駄になんか絶対させないわ！

全身に痛みが走り出す。骨が軋《きし》むような激痛。おそらく限界が近いのね。

けれど私はそれを一切無視。

残像が生まれるほどの高速移動でリアの背後を取って、回し蹴りの構えへ。

触れた対象を燃やし尽くす黒い炎。それに対抗するため、右足に青炎を纏う。

入る……！

そう確信した次の瞬間だった。

「……楽しかったわセツラ」

まるで全てお見通しと言わんばかりのリアがゆっくりと振り返る。

刹那、脱力感。

次いで、これまで味わったことのない倦怠感《けんたいかん》。全身がオーバーヒートしたように熱く、呼吸が乱れる。

息が……息ができなっ……！

「ごほっ、ごほっ、ごほっ……ぜー、ぜー」

いつの間にか身に纏っていた花魁衣装が消滅。ボロボロの礼装に戻っていた。

そんな……あと、あと少しで『青炎』を纏った蹴りを――。

立っていられないほどの疲労感。呼吸さえもままならない。

本能が理解したわ。反動だ――と。

「まさか出涸らしの貴女が【色欲】の禁書に耐性があるとはね。これは想定外だったわ。でも十分、想像の範囲内。ほら、あれを見てみなさい」

争う気力さえもなく、言われたとおりの方向に視線を向ける。

そこには特待生たちに囲まれ……変わり果てた講師の姿があった。腰ほどまで伸びた白髪に遠目でもわかる生気を失った肉体。

……まさか！

「世界の理、法則に抵触する魔法。その偉大なチカラが何の代償もなく発動できるわけがないでしょう？　あれは本来、貴女が受け持たなければいけなかった反動よ」

リアの言おうとしていることに察しがついたものの、憎まれ口を叩くことさえままならない。

瞼が重い。このまま眠ってしまいたくなる。

「それにしてもセツナも落ちたものね。まさか三分も保たないなんて。まあ、いいわ。採点結果を教えるわ――落第点よ。生かしておく価値はないわ。とはいえ、利用価値はありそうだし、身体と魂は私が有効活用してあげる。何か言い残すことはあるかしら？」

前髪を掴まれながらも、私はみっともなく涎を垂らすことしかできない。

特待生たちが、セツナが視界に入る。

私のために、私のために命を賭して戦ってくれた戦友。

彼と彼女たちにはただただ申し訳ない気持ちしかないわね。

魔法という超越したチカラを手にしてさえ、目の前の女には敵わない現実。

悔しくて悔しくて、死にたくなるほどただ悔しい。

だからこそ、最後の力を振り絞り私の口から出た言葉は、

「――次、は、ま……けない。覚悟しておきなさい」

「あら。どこかで聞いたことのある台詞。まあいいわ。さようなら」

黒炎を纏った手刀が真っ直ぐ私の胸に向かって――、

来た次の瞬間。

舞い上がった右腕が視界に入った。
それは――、
私の腕ではなく、ましてやセツナや特待生たちのものでもなかった。

【セツナ】

黒炎を纏った手刀がセラに落ちようとしている。

救出に向かいたいのは山々だが、いかんせん身体が言うことを聞かない。

膝をついて無様に血を吐くことしかできない俺を置いて、特待生たちが救出に向かおうとした次の瞬間だった。

視線の先に腕。それが宙を舞っていた。

誰のものか、認識するより早く、

――ゴオオオオォォォォ！


と轟音。

鼓膜が破れんばかりの落雷音！

「ったく……駆けつけるのが遅《おせ》えぞ」

金色の雷と一緒に飛んで来たのは現アーサー王。

腰ほどまである金色の髪。金色の鎧《よろい》。金色の耳飾り。金色の聖剣。空気を弾く金雷。

何から何まで金一色。だが、これほどまでに心強い助っ人《すけと》は他にいない。

俺はリアと対峙してすぐ【円卓の騎士団】、その頂点に君臨する現アーサー王に緊急通報を入れていた。

アヴァロン島に【強欲】の魔法使い――同族殺しの女王――リア・スペンサーが墓荒らしをするために現れた、と。

だが、生憎、現アーサー王は遠征に出ていた。駆けつけられるのは任務を完了してからになるというものだった。

一縷《いちる》の望みをかけて俺が取った作戦は単純明快。時間を稼ぐ、である。

リアが興味を惹かれるであろう隔離空間【白】にセラを引きずり込み、解析に時間と手間を取らせ、さらに一時的にセラを覚醒――【呪淫紋】状態一、花魁Ｖｅｒで応戦させた。

期待はしていなかったが、セラは見事、俺の予想を裏切り、禁書を飲み込んだ。

あらゆる穢れを浄化する『青炎』。アドバンテージが大きい『色違い』という奇跡まで発生した。

おかげでこうして現アーサー王が数百万キロ離れた任務地からここまで飛んでくる時間を稼げたというわけだ。

リアと対峙した瞬間に、俺たちだけでは勝てないことはわかり切っていた。

不全の俺と未熟な特待生で【強欲】に挑むというのは無謀でしかないからな。

勝つのではなく負けない。この方向転換が功を奏したようだ。

まさしく奇跡。信じる者は救われるってか？　けけけ。足を掬《すく》われなくてよかったぜ全く。

現アーサー王が纏うは『色違い』である『金雷』。

それは光速を超越した瞬間移動を可能にする。

数百万キロもの遠方から直接飛んで来た、という発言の意味はここにある。

ここで、吹き飛ばされた腕。ようやくその持ち主の正体が判明した。

切り落とされ、宙に舞っていたのはリアのそれだった。駆けつけざまという落雷時に斬撃を浴びせていたようだった。

「余《よ》の超過勤務手当はセツナに請求すればよいか」

「ふざけんな。そんな大金、俺が払えるわけねえだろ。理事長《ババア》に請求しろ、ババアに」

「――そういうこと。最初からこれが狙いだったのねセツナ。けれど現アーサー王を召喚するなんて卑怯《ひきょう》じゃないかしら？」

腕を斬り飛ばされて即座に距離を取ったリアが、苦笑を浮かべながら俺に視線を向けてくる。

切り落とされた彼女の腕は瞬く間に再生。さすが吸血鬼であり、天才死霊術師。

この程度は痛くも痒くもないわけだ。

助っ人の到着が間に合うかヒヤヒヤさせられた腹いせだ。

舌を出してあかんべえ。最大の侮蔑をこめる。

「――禁忌である死者蘇生を犯すやつに言われたかねえよ。アーサー王。あいつは墓荒らしに加えて聖遺物を盗み、あろうことか触媒にして過去の英雄を蘇らせた。酌量《しゃくりょう》の余地はない。遠慮はいらねえぞ」

「余は手加減が苦手でな。セツナならよく知っておろう」

「おい待てセツナ。どうして貴様がアーサー王様と……？」

当然の助っ人、それもよく見知った人物故に椿が混乱しているようだった。

たしか弟子として、剣術に魅入られた間柄だったか。

椿の疑問にはアーサー王自身が答えてくれた。

「久しぶりじゃ椿。セツナは余の家庭教師であってな。そのＳＯＳを無下《むげ》にはできぬ。こうして遠路はるばる飛んで来たというわけじゃ」

「「「なっ⁉」」」と特待生たち。

おいおい、そんな驚くことでもないだろうに。

こっちは三百歳だぜ？　それなりの人脈はあるさ。座右の銘は他力本願。

不全の俺に強敵を降すだけのチカラはねえのよ。

「たかだかセラの回収に【金色のアーサー】と当たるのは割に合わないわね。残念だけれど撤退かしら。良かったわねセラ。生き延びられたじゃない。でも次はないわよ」

そう言い残し、全身が蝙蝠となって姿を消すリア。

むろん、現アーサー王がただ黙って見逃すわけもない。

「余を相手に鬼子事《おにごっこ》とは。舐められたものじゃ」

バチッと金色を身に纏い、飛翔《ひしょう》。一瞬で姿を追えなくなる。目にも留まらぬ速さ、なんて表現があるが超越してやがる。

油断ならない状況ではあるが、助っ人が助っ人だ。

ここで意識を失ったところで、最悪の事態にはならないだろう。

なにせあの【強欲】がすぐに撤退を選ぶほど。【金色のアーサー】は伊達じゃない。

——こうして。

俺得だったはずの強化合宿は終わりを告げた。

特待生たちの恥辱や身体を存分に楽しむはずだったが、蓋を開けてみれば講師としての責務を全うしているという……。

この後セラのフォローもしないといけないだろうし……。

やれやれ。泣けるぜ。

☆

後日談。

現アーサー王とリアの闘争（逃走）は数時間以上にわたって繰り広げられたとのことだ。

闇魔術の天才であり、行方《ゆくえ》を晦《くら》ませることに長けているリアも延々と追いかけてくるアーサー王に嫌気が差したんだろう。

あいつは逃走経路にあった村に『黒炎』を発動するという暴挙にまで出たそうだ。

秩序と治安を司る【円卓の騎士団】、その頂点に君臨する者として、対処しないわけにはいかない。

結果、アーサー王は黒炎の処理に追われて、リアを逃すこととなった。

これは俺の推測だが、リアはこうなることを見越して、逃走経路に何の罪もない村や人を組み込んでいたはずだ。

同族殺し、裏切り、聖遺物の強奪、墓荒らし、【円卓の騎士団】副団長殺害、村の襲撃、戦争誘発……ｅｔｃ。リアの狂気は止まることを知らない。

まさしく【強欲】であるリア・スペンサー。

制限付きとはいえ、死者蘇生を――それも過去の英雄召喚に成功した事実は戦慄《せんりつ》する。

よって、現アーサー王は緊急円卓会議を実施。歴代アーサー王をはじめ、各地に眠る英雄、第四階梯魔術師などの保護・警戒レベルを一気に最大まで引き上げることになった。

なにせ世界の法則、理に反する魔術だ。この対応は当然だろう。ただし、ただでさえ人手が足りない【円卓の騎士団】の疲弊も加速することが想像される。

王立魔術学院にも今後何かしらの協力要請がされることになるだろう。

続いて、俺たちの安否。

俺の命だけで特待生たちが助かるなら御《おん》の字《じ》だった絶望的状況で、なんと全員無事である。

まさしく奇跡とも呼べる生還を果たしたわけだが、代償もある。

真っ先に挙げられるのが俺の老化だ。

【色欲】の禁書には、若年化、生殖適齢期を維持する作用がある。

実年齢三百歳以上の俺が青年のガワを被っていられるのにはそういう事情があるわけだが、それが現在、全く機能していない。

それもそのはず。

禁書の中でも俺が使用していない——適性がなかったものをセラに移譲した。

その処理のほとんどを俺が請け負ったわけだ。さらに『色違い』というチカラを手に入れたセラは『青炎』を激しく連発。

おかげで俺の肉体はお爺ちゃんのまま、治りが遅くなっている。

顔面を除く全身が皺だらけ。筋力も落ち、食事や排泄《はいせつ》も人手がなければ満足にできないときた。

黒々とした髪も真っ白になり、腰ほどまで伸びる始末。まさしく介護が必要な老人だ。

醜い姿のため、頭部を除き、全身に包帯が巻かれている状態。

結論から言って欲求不満が募る。

肉体が元通りになれば溜まりに溜まったリビドーを真っ先に発散したい所存。

あー、早く治らねえかな。

と考えていたときだった。病室――個室の扉が開かれる。どうやらお見舞いの時間らしい。

「――開けるわよ。体調はどうかしら」

見舞いにやってきたのは傲慢吸血鬼――セラだった。

「おいおい。嫌味かよ。現在の俺を見て良さそうに見えるか？」

両手を上げる、という単純な作業が現在の俺にとって一仕事だ。

冗談交じりに言ったつもりだが、セラの表情には陰りが出る。

どうやらあの日のこと――特待生たちの命を危険に晒し、俺が代償を受け持つことになったことを気にしている様子。

余生短い俺にとって〝しんみり〟は無用。

そういうのは要らない。

ってなわけで、

「んっ！」

と重たい腕に鞭打《むち》って、ベッド横のパイプ椅子に腰掛けたセラへと手を伸ばす。

「……この手はなにかしら」

さっきまでの思案顔はどこへやら。

一気に警戒心を剥き出しにするセラ。

本当は役得になる予定だったんだ。地獄合宿にしてくれたお礼はきっちりしてもらおうか。

「屍食鬼に堕ちたときに吸血した十八枚分、脳が焼き切れて失った三十二枚分、合計五十枚。これからお前には俺の好みの下着の脱ぎたてを回収させてもらう」

ピクピクとセラの頬が痙攣する。

「……相変わらずね。少しは自重《じちょう》しなさいよ」

「バカ言え。なぜ俺がそんなことを覚えなきゃならん」

「時と場合、状況を考えなさいと言っているの。これじゃ見舞いに来てあげた私が馬鹿みたいじゃない」

はぁ……と重たいため息をこぼす。

次いでジト目。

セラは立ち上がり、礼装の中に手を入れる。中腰になって下りてくるパンティー。

見舞いに来た教え子が嫌な顔をしながらのパンティー生着替え。

たまらんね。

絶景を鑑賞しながら、俺は確認に入る。

「……それで？　あれから特待生——椿、ルナ、ロゼとは面と向かって話したのか？」

「あのねえ……！」

中腰のまま、俺を睨み付けてくるセラの額には青筋が立っていた。

ぐははは。苛立ってる苛立ってる。

下着を脱げと言われたかと思えば、その途中でデリケートな質問をぶつけられるという。

残念だったなセラ。俺はデリカシーの無さには定評があるんだよ。

余談だが、見舞いに足を運んでいるのはセラだけじゃない。

特待生たち全員に命令済みである。

中でも俺の秘書、ロゼにはセラの観察日誌を報告するよう伝えてある。

ロゼ曰《いわ》く「あれから壁がある」とのことだ。

下着を脱ぎ終えたセラは自暴自棄になって、それを俺の顔面に投げつけてくる。

顔面に張りついたそれを後生《ごしょう》大事に密閉容器にしまうや否や、

「私のせいで全員を命の危機に晒したのに、どんな顔をして会えばいいのよ!?」

どうしていいかわからず、苛立っている様子。ふむ。どんな顔をしてとな。

そうだな。たまには人生の先輩として助言してやろう。老婆心《ろうばしん》というやつだ。感謝するんだな。

「吸血鬼ってのは傲慢な種族だろ。ありのままでいいじゃねえか」

「……簡単に言ってくれるじゃない」

「こういうことを口にするのはガラじゃねえんだが……」

と痛む全身を我慢しながら後ろ髪をかく。

「俺がこんな姿になっちまったのは気にする必要はねえぞ。俺は俺の目的――お前を使ってリアを殺すためにやったことだ」

「ふんっ。元より気にしていないわよ」

いや、そこは気にしろよ。どうやらお見舞い早々、下着を脱がされたことをよほど根に持ってやがるな。

まあいい。そこを気にしていないならいくらでもやりようはある。鬼畜講師の名に恥じぬよう卑怯な手を使わせてもらおうか。

「だが、特待生のやつらは違う。あいつらにはあいつらの使命がある。誤解を恐れずに言えば、あんなところで命を落としている場合じゃなかった」

「……っ！」

「むろん、あいつらの意志を尊重する形でリスクを負わせたのは俺だがな。それでもお前には特待生たちに言うべきことが、気持ちがあるはずだ。ここで奴隷紋を使って無理やりにでも行かせてもいいんだが、それも違うだろ。俺なんかの見舞いに来る暇があったら、あいつらのところに顔を出して来い。そうすれば――」

「――そうすれば？」

「回復次第【呪淫紋】の制御に付き合ってやろう。俺が特訓メニューを組んでやる。『青炎』を発動したお前ならリアの首に手が届くかもしれない、と思ったんじゃねえか？　その通りだよ。属性の相性は抜群。やりようによっては急成長できる。どうだ？　特待生たちに会う気になったか？」

「報酬で教え子を釣ろうだなんて卑怯よ」

「鬼畜講師だからな。これぐらい当然よ」

卑怯で結構、コケコッコー。

女ってのは言い訳が必要な生き物だ。等価交換をチラつかせれば逡巡させるのには十分。

俺は例外として、お前には、命を賭してでも助けたいと想ってくれた仲間が最低三人いた事実がある。

その現実はお前を復讐鬼――屍食鬼に堕とさせない一助にはなるだろう。

大事にしておいても俺はいいと思うがな。

☆

【セラ】

「……っ」

セツナの病室から出てすぐ鉢合わせしたのはロゼと椿、ルナだった。

見舞いが入れ替わるタイミング。謀《はか》ったわねセツナ。

こういうところは本当に抜かりのない男。

九死に一生を得た死闘。あれからというもの、私は特待生たちと関係を深めることに躊躇し始めていた。

また大切な人ができてしまうから。また大切な人が目の前で殺められてしまうかもしれないから。

復讐を果たすことが私の存在理由。家族を、一族を残し、逃げ惑った私が背負う十字架。使命だと思って生きてきた。

特待生たちと過ごす日々はその使命から逃れられるような気がするのよ。

正直に告白すれば彼女たちと過ごす時間は楽しいわ。ええ、楽しいわよ！　当然じゃない！

同じような運命を背負い、互いを認め、切磋琢磨《せっさたくま》する。

これまでずっと避けてきた学生生活。嫌いだった朝——始業時間を待ち遠しいと思うようになるなんて夢にも思ってなかったわ。

だからこそ。

だからこそ私はもう失いたくなくて——。

あの苦しみを二度と味わいたくなくて。

そんな消極的な思考から彼女たちを避け始めている自分がいて。

情けない自己防衛。吸血鬼の風上にも置けない。

いつもの傲慢な態度や言葉が出てこなくなる私に、椿がさりげなく話しかけてくる。

「なんだセラ。先に見舞いに来ていたのか。あの男の体調はどうだった？」

なんてことのない話題。軽く流して距離を取ればいい。

けれど頭によぎるセツナとの約束。私の本心を特待生たちに伝えることで【呪淫紋】の制御ができるかもしれない。

見事にセツナに言い訳を用意された私は、勇気を振り絞って本心を告げることにした。

「……椿、ロゼ、ルナ。貴女たちには感謝しているわ。私なんかのために命を賭して闘ってくれて本当にありがとう。嬉しかったわ。これは嘘偽りのない本心よ。だからこそ距離を取らせてほしいの」

姉と再会し、圧倒的な実力差を叩きつけられた私は己の未熟さを再認識した。

リア・スペンサーと私の力は雲泥の差。いや比較することすら烏滸《おこ》がましいレベル。

次、同じようなことがあれば今度こそ全滅するかもしれない。私はそれが怖い。

独りなら己の無力と運命を呪いながら沈むだけ。けれど大切な仲間が蹂躙されるところを目にしながら最期の刻《とき》を迎えるのでは死んでも死に切れない。

だから馴れ合いはここまで。親交も深めない。

運命共同体？

冗談は存在だけにしなさいよセツナ。背負わせられるわけないじゃない。

彼女たちとはこれを機に縁を切ろう。そう切り出すより早く、

「ふっ。何を言い出すかと思えば……どうやら一つ、大きな勘違いをしているようだな」

失ったときに悲しみたくないから関係を断ちたい。そんな本心を見透かして椿が鼻で笑う。

「勘違い……？　なにかしら？　ご教授願いたいわね」

「私たちが命を張ったのはお前のためだけではない」

鋭い眼光はまさしく鬼のそれ。一般的に吸血鬼を傲慢と称するなら鬼は冷徹。それが垣間見《かいまみ》える返答。

「私のためだけではない……？　あの状況下でそれは無理があるんじゃないかしら」

「セラが覚醒したように、私たちもセツナからチカラを付与される立場だ。あの男に死なれては困る。忌々しい事実だがな。だからチカラを貸した。命も懸けた。全ては己のためだ。貴様が気に病むことなど何もない」

たしかに【色欲】の禁書──【呪淫紋】の強化は目を見張るものがある。

始終、遊ばれていたとはいえ、【強欲】に喰らいつけたのは言うまでもなくセツナのおかげ。

〈【呪淫紋】　状態一　花魁Ｖｅｒ〉を発動できなければ、瞬殺されていたことだけは間違いない。

そう納得しかけたときだった。

ロゼが悪戯《いたずら》を思いついたと言わんばかりの笑みを浮かべてから口を開いた。

「椿の言ったことを意訳してあげる。『仲間のために命を懸けたけど、恥ずかしいから己のためにしておこう。その方がセラが気を遣うこともないだろう』よ」

「おっ、おいロゼ……！　何を勝手なことを……！　私は本当にだな──」

「はいはい。バレバレ乙」

ロゼの意訳に見るからに動揺を隠せない椿。そういえば彼女もついこの前まで独りで研鑽《けんさん》を積み続けた剣士だったわね。

私が言える立場ではないけれど、こういう役回りは初めてなのかもしれない。

種族上、冷徹と称されることも決して少なくない鬼。椿の『仲間を慮《おもんぱか》る』言動に緊張が緩和していく。肩の荷が下りたように全身が軽い。

相変わらずの居心地の良さ。生還を果たしたことを改めて認識するわね。

「ふふっ。セラさんを励まそうと真っ先に訴えかけてきたのは椿さんですのよ？」

くすくすとお姉さん風を吹かせながらそんな事実を暴露するルナ。

「私のような傲慢吸血鬼を励まそうだなんて……ずいぶんと変わり者ね」

「ふんっ」

頬を紅潮させながらそっぽを向く椿。相変わらず感情が表に出やすいのね。それじゃいつまで経ってもセツナのセクハラを受けるわよ。

「わたくしも『復讐』には理解がありますわ。だからこそもう二度と大切な方を失いたくない、と思ったことがありましてよ」

諭すように話すルナ。彼女の過去は私に通ずるものがある。

わかったような口を利かないで――！

これまでの私なら口を突いて出たはずね。

けれどそれが出てこないのは目の前にいる少女が私と同じような過酷な運命を背負っているから。同情や憐憫《れんびん》ではなく、本当に理解があるから。

ルナは退学がかかった決闘前、特待生全員に過去を明かすかどうか、最後まで逡巡していた。

きっと失いたくない存在ができてしまうかもしれない可能性を恐れていたんでしょう。

まさに現在の私のように——。

なるほど。全てお見通しってわけね。

「わたしたちって目的を果たすために仲間を利用し、全員の願いを果たす関係じゃん？　魔術師なら命が懸かった場面に出くわすことだって多々あるわけだし……今回の一件ってそんな引きずるような案件なわけ？　それともセラにとってわたしたちってそこまで大切な存在になってたり？」

挑発するように言ってみせるロゼにはどこかで見たような笑みが張りついていた。

さすがセツナの秘書。口の利き方までそっくりになってきたじゃない。

ロゼ、椿、ルナの目を見据える。みんな「気にするな」とでも言いたげな表情。みなまで言うなってことかしら。

どうやら私はこの空気にすっかり毒されてしまっていたようね。

まさかまた彼女たちと学生生活を送りたいと願っているなんて。

私は距離を取ることを諦めるのと同時に、これからも行動を共にしたい意思表示をする。もちろん傲慢な吸血鬼らしい口調でね。

「私と一緒にいたら後悔するかもしれないわよ」

「「「上等／ですわ／だ」」」

威勢の良い返事。あと一つ、何か違っていたら命を落としていたかもしれないのに。

さすがは特待生。器が大きい上に肝が据わってるわね。修羅場なんて織り込み済みってことかしら。

仲間に恵まれたことを再認識していると、

「そうそう。この前、美味しいスイーツ店見つけてさ。良かったら今からどう？」

「まあ！　ぜひご一緒させてくださいまし」

「私は甘いものが苦手なんだが……」

わざとらしい三人の輪に歩を進める。心なしか口の端が吊り上がっていたかもしれない。

「仕方がないから付き合ってあげるわ。その代わり、三人の奢《おご》りよ？」

「「「はぁ!?」」」

こうして私は再び日常に戻る。

もちろん復讐の炎を絶やさない。

今度こそ必ずあの女――リア・スペンサーを殺す。

新たに手にしたチカラ【呪淫紋】と『青炎』で大罪人の穢れを浄化し尽くすまで燃やしてやる。

でも現在《いま》はこの居心地の良い場所で過ごす時間を大切にしたい。

そんなふうに思い始めていた。

☆

【セツナ】

病室からアオハルを見届ける。

狙い通り、元鞘に戻ったようだな。

これからセラは〈【呪淫紋】状態一　花魁Ｖｅｒ〉と『青炎』の制御特訓に入る。

原動力が『復讐を果たす』ことになるのは間違いない。だが、それだけだと弱い。

【色欲】をはじめ、禁書は欲望を糧にする。移譲した一部がセラを飲み込もうとあの手この手で迫るだろう。

今後、セラは甘い誘惑を跳ね返し、人格・自我をどこまで維持できるかが問われることになる。

『戻りたい』と心の底から願える居場所の有無が鍵を握ると言ってもいい。

特待生たちと過ごす空間は、年相応の学生生活であると同時に、彼女にとって必要不可欠な場所となる。

文字通り、切っても切れない関係だ。

「さて。リハビリがてら《魔術戦技祭》の対戦表でも確認しに行きますかね」

元はと言えばこの祭りのための合宿だったってのに。とんだ邪魔が入ったぜ。

教職陣が一堂に集《つど》う場に足を運ぶ。
配布された資料──羊皮紙《ようひし》に視線を落とすや否や両目がこぼれ落ちそうになる。
いくらなんでも初戦からこの対戦表《カード》はねえだろう。
今年入学した特待生たちの初戦はこうなっていた。

種族：吸血鬼
氏名：セラ
学年：一年次生
VS
種族：人　魔女
氏名：ロゼ
学年：一年次生

この対戦は今年入学した特待生の主席合格者を明確にすることだろう。
もはや言葉など必要ない天才と天才の決闘。
入試を適当に流しながら飛び級してきたギャル魔女。
全属性の魔術を扱うだけでなく、年下ながら個の象徴である特待生たちを束ねる参謀。

無気力こそ玉にキズだが、こいつが本気を出せば間違いなく化ける。
一方のセラは普段の傲慢が示す通り、魔術師として頂点に君臨してきた種族。
【固有領域】【黒血術】脅威の再生力、魔眼の開眼に魅了、幻術・瞳術。
まさしくエリート中のエリート。
『名』と『実』がはっきりする組み合わせだ。

で、次。

種族：鬼
氏名：椿
学年：一年次生
VS
種族：鬼
氏名：紫蘭
学年：三年次生

ぜってえ対戦表を弄ったやつがいるだろ。初戦から鬼の姉妹対決とか容赦なさ過ぎ。

まっ、観戦者の立場からするとこれ以上ないくらい面白そうではあるが。

姉である紫蘭は魔改造済みの天才剣士。才覚《センス》『序破急』持ち。どこぞやのクソ爺じゃないが【剣士殺しの剣士】と言って差し支えない最強剣士だろう。

現在のままで椿が敵う相手でないことは自明の理だ。セラと同じように【呪淫紋】を急ぐ必要がありそうだ。

最後は――、

種族：ドワーフ
氏名：ドン・ゴン
学年：三年次生

VS

種族：エルフ
氏名：ルナ
学年：一年次生

「よりにもよってルナの相手はドワーフか。一悶着《ひともんちゃく》ありそうだな」

対戦相手のドン・ゴンは土属性魔術の申し子だ。特筆すべきは堅さにある。高速錬金術に加えて自由自在の土操作から【鉄壁】と称されることもある天才。

雷属性魔術を得意とするルナにとって最も相性が悪く、はっきり言って勝ち目がない相手と言ってもいい。

しかもドン・ゴンは性格に難がある問題児。エルフを露骨に見下してやがる。

なにせドン・ハンの孫だからな。

「こっちは病み上がりだってのに。安静にさせてくれっての」

結論から言う。

《魔術戦技祭》は波乱の幕開けとなる——。

（了）

王立魔術学院の鬼畜講師2

Characters

キャラクター紹介

リア

profile

◆ニックネーム:【強欲】、畜生、大犯罪人 ◆性別:女 ◆年齢:22 ◆生年月日:1月30日

◆星座:水瓶 ◆血液型:AB ◆出身:スペンサー家 ◆種族:吸血鬼

◆身長:177cm ◆体重:不明 ◆カップ:F

◆バスト:87cm ◆ウエスト:60cm ◆ヒップ:87cm

【強欲】の魔法使い。死霊術師。セラの実姉。固有神域を得るため、吸血鬼の名門スペンサー家の一族を手にかけた大犯罪人。その極悪さは懲役換算で十三万年。色違い『黒炎』を始め、禁忌である死者蘇生を完成させた狂気の天才。本気でこの世の全魔術を習得するべく暗躍している。【英雄召喚】の触媒を入手するため、歴代アーサー王の墓荒らしを決行。セツナ曰く「本物の畜生」。

Ria

King Arthur

異名【金色のアーサー】の通り、色違いを授かっており『金雷』を纏った一閃は回避不可の必殺の剣である。理論より感覚。かつて魔術が苦手だったが、鬼畜講師の指南で覚醒。僅か一夜で初等から極等に至る。セツナ曰く「魔改造により講師の本意と異なる天才剣士が生まれた」。剣技・剣術・剣士マニアの一面もあり、有望な騎士候補は遠慮なく【円卓の騎士団】にスカウトしている。王立魔術学院の三年次生、紫蘭もその一人。

profile

◆ニックネーム:アーサー
◆性別:女 ◆年齢:16 ◆生年月日:1月1日
◆星座:山羊 ◆血液型:O ◆出身:アヴァロン
◆種族:人 ◆身長:155cm ◆体重:不明 ◆カップ:C
◆バスト:75cm ◆ウエスト:53cm ◆ヒップ:76cm

アーサー王

あとがき

ご無沙汰しております。急川回レです。

皆様は水着回をご存知でしょうか。肌の色多めのサービス回でございます。作者も「ヒロイン着痩せしとる！」と楽しみながら視聴しております。

海やプールでヒロインが水着を披露するのも素晴らしいですが、作者はそれ以前——水着選定に惹かれます。

本作は鬼畜講師という嫌悪している主人公を喜ばせるためにヒロインたちが水着を選ぶという、薄い本で目にしそうな展開を書くことができました。大満足です。

もちろん戦闘や覚醒等、シリアスな展開もございますので、あとがきからお読みの方は是非お手に取ってくださいませ。

謝辞です。イラストレーターのｚｕｎｔａ様。今作も大変魅力的なイラストをありがとうございます。

アーサー王からは希望が、リアからは絶望が瞬時に伝わってくる最高のキャラクターでございます。花魁のセラを拝見した瞬間、感動で意識が飛びそうになりました。

厚くお礼申し上げます。

編集者のS様。カクヨムコン受賞後から本当にお世話になっております。鬼畜講師2巻を刊行できましたこと、この場をお借りして厚くお礼申し上げます。

本作をお手に取ってくださいました読者様。本当にありがとうございます。

最後に本作に携わってくださった皆様に感謝申し上げます。

急川回レ

本書は、2021年にカクヨムで実施された「第6回カクヨムWeb小説コンテスト」で異世界ファンタジー部門特別賞を受賞した「王立魔術学院の鬼畜講師」を加筆修正したものです。

王立魔術学院の鬼《き》畜《ちく》講《こう》師《し》2

2025年2月27日　初版発行

著　急川回レ
イラスト　zunta

発行者　山下直久
編集長　藤田明子
編集担当　関川雄介
編集　ホビー書籍編集部

発行　株式会社KADOKAWA
〒102-8177　東京都千代田区富士見2-13-3
電話：0570-002-301（ナビダイヤル）

装幀・デザイン　キムラタダユキ（SR木村デザイン事務所）

印刷・製本　TOPPANクロレ株式会社

●お問い合わせ
https://www.kadokawa.co.jp/（「お問い合わせ」へお進みください）
※内容によっては、お答えできない場合があります。　※サポートは日本国内のみとさせていただきます。　※Japanese text only

定価はカバーに表示してあります。
Printed in Japan　ISBN 978-4-04-737367-9　C0093

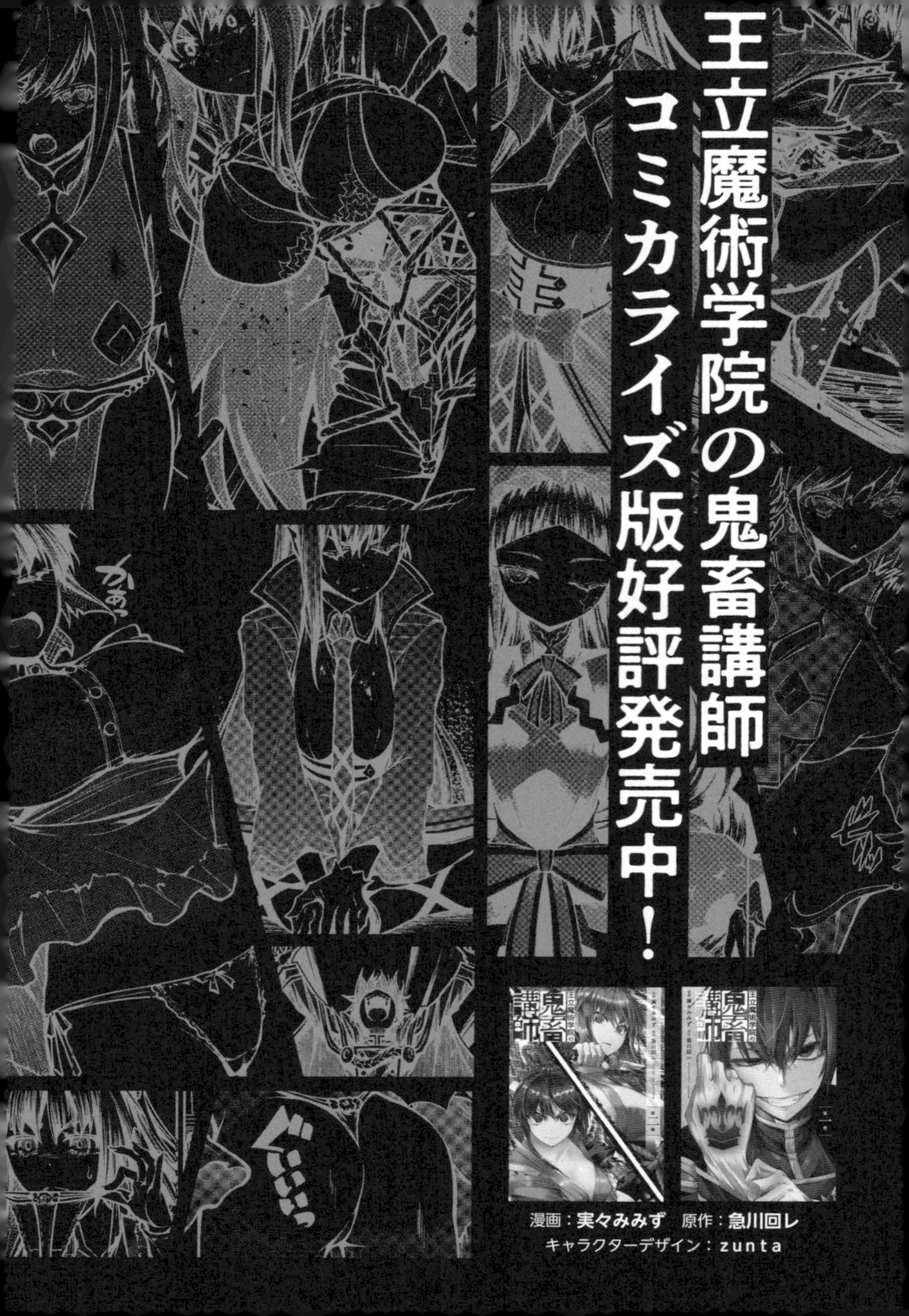
王立魔術学院の鬼畜講師
コミカライズ版好評発売中！
漫画：実々みみず　原作：急川回レ
キャラクターデザイン：zunta

KIMIRANO
次にくるライトノベル大賞
キミラノ
2023
【次にくるライトノベル大賞2023】ランキング作品
チート？
俺TUEEE？
そんなものはない！
そんな事より
美味い飯が食いたい。
イラスト
&
キャラクターデザイン
榊原瑞紀
(TIGER & BUNNY 2)
俺の名はグラン。前世の記憶を持ったまま“勇者”となって転生したが、手持ちのスキルはどれも器用貧乏なBクラス冒険者だった。しかし、どうもこの世は平和な世界のようなので、思い切って辺境でスローライフを始めることにした。
グラン&グルメ
〜器用貧乏な転生勇者が始める辺境スローライフ〜
著：えりまし圭多
イラスト：榊原瑞紀
発行：株式会社KADOKAWA
既刊好評発売中！
※2024年4月現在の情報です。